Le jour où j'ai passé l'arme à droite

Franck Leduc

Les Editions Secrètes
ISBN : 978-2-37446-018-5
Ce livre est également disponible au format numérique.

Table des matières

Chapitre 1
J'adore les pissenlits

Vendredi 23 avril 2010 (épisode 6/24)

J'aimerais mourir un jour de beau temps. Allongé dans mon cercueil, j'étais contraint de fermer les yeux. Le soleil irradiait le ciel d'une lumière tranchante. Les paupières fermées, cela était tout à fait supportable. Et le jour J toute protection s'avèrerait inutile. J'entrouvris les yeux. J'avais exigé un capitonnage en coton blanc, laissant aux autres le caractère solennel et théâtral, quelque peu ridicule, des velours et satins lie-de-vin. J'avais opté pour un cercueil de type américain, une malle en bois en quelque sorte. En bois clair. Lasuré blanc. Simple. Esthétique.

« Alors ? me demanda un nabot roux, debout au bord de ma fosse.
— C'est à cet instant que sera lancée la musique ? m'enquis-je, soucieux du moindre détail.
— Précisément ! À la seconde où votre cercueil s'immobi-

lise dans la fosse. »

Walter Bonimenti me tendit la main, m'indiquant par ce geste que l'exercice touchait à son terme. Je m'extirpai de la cavité. J'ôtai la combinaison et les chaussures de papier que j'avais passées pour éviter de salir le capitonnage de mon ultime couche. Je roulai le tout en boule. Walter Bonimenti me libéra les mains. Nous contemplâmes silencieusement le fourbi que j'avais fait rassembler dans ce cimetière à la périphérie de Toulouse. Un vent doux fit murmurer les feuillages des tilleuls taillés en cubes qui bordaient les allées. Un vendredi de fin avril, en début de soirée. Tout invitait à l'indolence. Pour ma part, je venais de répéter mon enterrement. Walter Bonimenti m'avait expliqué qu'il s'agissait du meilleur créneau pour effectuer cette répétition. Les autres heures de la journée ainsi que les week-ends étaient réservés aux véritables cérémonies d'inhumation pour lesquelles l'ambiance était naturellement moins décontractée et joviale que celle de ce soir.

Le tableau correspondait exactement à ce que j'avais souhaité, à ce que j'avais commandé. J'avais exigé un Divco 1956 en guise de corbillard. Walter m'avait expliqué, alors que je le découvrais une heure plus tôt, que lui-même et son équipe avaient dû déployer une énergie folle pour dénicher la fourgonnette chez un laitier des faubourgs de Manchester à la retraite depuis quarante ans. Elle croupissait au fond d'un hangar sous une épaisse couche de poussière. Il avait fallu transporter le véhicule jusqu'à Toulouse, poncer la carrosserie piquée de rouille, réviser les roulements et les durits, changer les pneumatiques et autres consommables. Inverser les couleurs s'était finalement avéré la tâche la plus plaisante. Peindre en noir la tôle blanche et peindre en blanc les quatre ailes noires. Même si gommer le relief des lettres M.I.L.K avait requis plusieurs tentatives. J'ignorai si cet inventaire des opérations de réhabilitation du Divco était pour Walter Bonimenti un moyen de justifier la somme substantielle qu'il m'avait soutirée pour s'en acquitter. Toujours est-il que j'avais préféré occulter l'aspect financier de l'affaire. Je m'étais contenté de lui rafraîchir la mémoire : « Demandez-nous l'impossible ». Walter Bonimenti avait esquissé un sourire, amusé que le slogan de sa société (La Grande Porte) puisse jouer contre lui. J'avais fait monter un hayon à l'arrière du Divco. Il s'agissait d'une fourche à quinze dents qui permettrait de descendre le cercueil du véhicule et de le déposer au sol. Là, sur le gravier blanc des allées du cimetière, j'avais fait monter un parquet. Si j'avais insisté sur la planéité et l'horizontalité de cette chape de bois, c'est que j'avais fait répandre dessus un tapis de billes d'acier. Posé sur les sphères luisantes et légèrement impulsé par la fourche se dégageant de sous mon cercueil, celui-ci glisserait jusqu'à la fosse où deux sangles de cuir tendues en travers éviteraient qu'il ne se fracasse au fond. La plateforme au sol, taillée en V, était bordée de bacs blancs, laqués, contenant des fougères touffues au vert vif, qui serviraient de rampes de guidage si parfois ma funeste coquille devait s'écarter de son chemin.

Walter Bonimenti me félicita pour l'originalité et l'inventivité dont j'avais fait preuve pour la mise en scène de mon enterrement. Il semblait sincère et non juste mû par la simple volonté de flatter son client. Il ajouta qu'il s'agissait de la répétition la plus atypique qu'il lui ait été donné de voir. Je lui rappelai que sa société proposait ce service depuis seulement quatre mois et m'enquis de savoir combien de noms garnissaient son carnet de commandes pour cette prestation. Il me répondit « Trois ». Je lui conseillai donc, à la lumière de ce chiffre, d'être plus mesuré dans ses jugements. Il se racla la gorge pour marquer son accord.

« Regagnons la maison funéraire si vous le voulez bien, proposa Walter, mes hommes vont remballer le matériel. »

Là-bas (c'était à peine à deux cents mètres du cimetière), nous bûmes un mauvais champagne. Nous avions fait le chemin en silence et ce n'est qu'à cet instant que je repris le fil de la discussion.

« En espérant qu'il serve le plus tard possible, souhaitai-je.
— Quoi donc ? m'interrogea Walter.
— Le matériel !
— Le matériel ?
— Celui que vos hommes sont en train de démonter sur le seuil de ma future adresse.
— Ah oui ! Je pense qu'il va rester un moment dans les cartons. Quel âge avez-vous ?
— Quarante-six ans.
— Quarante-six ans ! Parmi mes clients vous êtes de loin … »

Walter stoppa net sa remarque avant de croquer dans un macaron à la pistache, redoutant probablement que je ne lui repasse la leçon apprise quelques minutes plus tôt.

« Vous dites ? le relançai-je.
— Je disais ... Quarante-six ans, vous êtes jeune. J'ai près de vingt ans de plus que vous. Je ne serai probablement plus de ce monde lorsque seront déroulées les différentes séquences décrites dans le contrat qui vous lie à "La Grande Porte".
— Je ne parierai pas là-dessus monsieur Bonimenti.
— Que voulez-vous dire ?
— J'ai un mauvais pressentiment me concernant.
— Oh ! Pas de blague ! Pas de connerie surtout !
— Non, dis-je en souriant, n'ayez crainte, c'est juste que j'ai toujours eu une santé fragile.
— A la bonne heure, j'aime mieux ça, lâcha un Bonimenti rigolard.
— Que j'aie une santé chancelante ? l'éteignis-je.
— Non, je ne voulais pas dire cela ...
— Prenez un macaron, me proposa-t-il en tendant une assiette dans laquelle ne restaient que deux petits gâteaux au café.
— Non merci, déclinai-je. »

Je posai ma coupe de champagne tiède, à peine entamée, sur un guéridon providentiel.

« Je pense que nous avons fait le tour, lâchai-je pour précipiter la fin de cette pénible discussion.
— La prestation vous a plu ? relança Bonimenti.
— Oui. Rien à redire.
— Même si, comme je vous l'ai déjà expliqué, il manquait les éclairages et l'habillage sonore. "La Grande Porte" ne

peut se permettre un tel déploiement logistique pour une répétition. J'espère que vous comprenez.
— Tout à fait. »

Je n'avais pas menti. La répétition de mon enterrement m'avait pleinement satisfait. De l'entrée du véhicule funéraire dans le cimetière jusqu'au moment où mon cercueil fut déposé à mi-hauteur de la fosse, j'avais été à l'affût du moindre dysfonctionnement, d'un cliquetis parasite ou d'un écueil technique malvenu. Rien de tout cela ne se présenta. Le Divco avait avancé dans un feulement discret et s'était arrêté devant mon caveau. Le coffre de la camionnette avait été parfumé à l'aide de petits sachets emplis de poudre de cannelle. Je m'étais amusé à accrocher mon regard sur l'ampoule du plafonnier. Lorsque le chauffeur du corbillard était descendu, la loupiote au-dessus de moi s'était allumée quatre secondes et avait tenté d'exister face au soleil de ce début de soirée. En vain. J'avais alors esquissé un sourire pensant que, le jour de mes véritables funérailles, j'aurai un couvercle au-dessus de mon nez et, qu'en conséquence, le clin d'œil de la veilleuse ne trouverait pas de regard complice dans lequel tomber. La suite des opérations comportait plus de risques. Je n'eus pourtant rien à signaler. Le hayon s'abaissa sans à-coups. Les billes d'acier vinrent naturellement se loger entre les dents de la herse. Le cercueil glissa jusqu'à la fosse sans le moindre cahot ni le plus petit crissement. Mon embarcation dévia légèrement de l'axe central de la piste. Si bien que je m'étais approché d'une rangée de fougères bordant la scène de mon dernier voyage. J'avais demandé à ce qu'elles soient arrosées pour donner l'impression d'une rosée du matin. L'une des feuilles, ployant sous le poids des gouttelettes cristallines, vint fendre ma pommette, y déposant un fin filet d'eau fraîche. Je souris de nouveau, sachant que cette caresse serait offerte au couvercle de ma malle funéraire si celle-ci devait s'écarter du droit chemin le jour J. Puis ce fut le bruit mat du cercueil qui tombe, retenu par deux lanières de cuir. La première, tendue, permit au coffre de continuer sa course. La seconde, lâche, amortit la chute. Par un système de contrepoids et de poulie, la première sangle se relâcha, stabilisant mon cercueil à l'horizontale, à mi-hauteur de la fosse. C'est à ce moment que Walter Bonimenti était apparu au-dessus de moi et avait lancé un « Alors ? » d'un air satisfait. Même en contreplongée il ne m'avait pas semblé bien grand. Je n'avais rien trouvé à redire, mes volontés avaient été suivies.

« Bien ! Au plaisir de ne plus vous revoir, lançai-je avant de m'avancer vers la porte, prêt à quitter l'olibrius.
— Attendez ! me stoppa-t-il, tout occupé qu'il était à lire une note laissée derrière son comptoir.
— Oui. Qu'y a-t-il ?
— Il reste un dernier détail à régler.
— Lequel ?
Votre épitaphe ! »

Lorsque j'avais rempli le formulaire de "La Grande Porte", j'avais volontairement laissé vides les deux lignes de pointillés sur lesquelles l'épitaphe devait être indiquée. Je repoussai sans cesse au lendemain le remplissage de cet encadré, dans l'attente d'une inspiration fulgurante. Elle ne se décida jamais à venir et c'est à la hâte que j'écrivis enfin une phrase en rapport avec le thème choisi pour ma sépulture : « J'adore les pissenlits. » Rien de transcendant. Un brin cynique. Je n'avais pas de leçon à donner ou de message particulier à faire passer à tous ceux qui me survivraient. J'avais souhaité que ma tombe soit constituée d'un énorme bloc de granit blanc, creusée pour recevoir une terre meuble et noire piquée de quelques pissenlits.

« Vous ne la trouvez pas terrible ? questionnai-je Walter Bonimenti.
— Oh oh ! Je me garderai bien de juger vos exigences. »

Pour une fois, il n'avait pas répondu hâtivement.

« Alors ? Qu'est-ce qui cloche ?
— Sans le savoir vous avez mis un sacré bazar aux sessions du conseil municipal ces dernières semaines.
— Je ne comprends pas bien.
— Chaque projet de sépulture doit faire l'objet d'une validation du conseil municipal, m'expliqua-t-il.
— Et alors ? En quoi la mienne a-t-elle pu donner matière à débat ?
— Le bruit a couru que vous alliez y planter des pissenlits. Dès lors, un comité s'est monté. Des familles de défunts et des agents d'entretien du cimetière craignent que vos pissenlits ne dispersent leurs graines dans les bacs à fleurs et les allées.
— Vous plaisantez ?
— Non, l'agacement de ces personnes était bel et bien réel. Lors des réunions de ce comité, vous êtes désigné sous le sobriquet de « l'autre plouc avec ses pissenlits. »
— C'est charmant ! Mais vous auriez dû m'avertir plus tôt de cette situation.

— Je souhaitais régler le problème seul, balbutia Bonimenti en baissant la tête, j'ai tenté de convaincre, j'ai défendu votre projet, étude scientifique sur la dissémination des aigrettes de pissenlit sous le bras, je me suis battu ...
— J'ai peut-être une solution, lâchai-je d'un air blasé tant elle me parut évidente.
— Si c'est la mise en place d'un paravent, oubliez ! Comme pour le reste, je n'ai reçu en retour que des "non" faiblement argumentés et des chapelets de sarcasmes. »

Je toussotai en portant mon poing devant mes lèvres. Ce temps de latence indiqua à mon interlocuteur que je cherchais la formulation la plus polie à lui servir.

« Non, je pensais plus simplement à des pissenlits artificiels. Un grossiste en articles décoratifs, cela doit se trouver, non ?
— Oui, j'ai un fournisseur spécialisé dans le « Made in China » qui devrait pouvoir nous dégoter ça, s'empressa de me rassurer Walter Bonimenti dont le visage s'était illuminé, apaisé d'avoir trouvé une issue favorable au conflit naissant.
— Attention ! le mis-je immédiatement en garde, du factice oui mais du factice de qualité ! Je veux de la fleur en soie, pas du fil de fer gainé de raphia.
— Bien évidemment ! Qualité ! Qualité ! Qualité ! martela Bonimenti en tapotant son front avec son index gauche. « Qualité », il s'agit du maître mot concernant votre prestation.
— Vous m'avez bien cerné, monsieur Bonimenti, le flattai-je, plus par politesse que réellement convaincu.
— Depuis le début, m'assura-t-il, à la seconde où vous

avez franchi le seuil de la porte. »

Il gagnait en assurance le bougre ! Heureusement, il m'offrit aussitôt la possibilité de le faucher en plein vol.

« Ce que je vais faire, jubila Bonimenti, pour vous prouver, si cela est encore nécessaire, le professionnalisme de "La Grande Porte", nous choisirons différents modèles de pissenlit artificiel et vous nous indiquerez sur lequel votre choix définitif se porte.
— Ah ! Vous me surprenez ! répondis-je. Par "professionnalisme" je pensais que vous apportiez votre regard avisé afin d'assurer le bon déroulement de l'inhumation, la qualité du décorum et surtout je m'étais mis en tête que vous étiez capable de vous mettre dans la peau de votre client afin, par exemple, de trouver vous-même le modèle de pissenlit qui lui conviendrait sans que celui-ci n'ait un aval supplémentaire à donner. Personnellement, c'est ce que j'entends par « professionnalisme. »
— Bien entendu, bredouilla Bonimenti, c'est ainsi que cela sera fait. Je m'égarais en requérant un nouveau choix de votre part. »

Walter Bonimenti griffonna quelques mots sur un papier corné. Symboliquement. Juste pour m'indiquer qu'il avait pris en compte ma remarque.

« Vous verrez, me lança Walter Bonimenti, l'air radieux, votre enterrement sera un moment inoubliable. »

Il réalisa l'ineptie de sa phrase et la compléta.

« Pour ceux qui y assisteront bien entendu ! Pas pour vous !
— Cela va de soi, dis-je. J'en conviens même si personne ne peut être certain de ce qui nous attend de l'autre côté de …
— De ? m'interrogea Bonimenti.
— De "La Grande Porte".
— Ah bien sûr ! Quel badin je fais parfois ! »

Je ne relevai pas et me dirigeai vers la sortie, en longeant l'étagère qui supportait les plaques de granit noir. « A mon mari adoré ». « A notre papa chéri ». « Tu seras toujours dans nos cœurs ». « Nous ne t'oublierons jamais ». Des phrases anonymes, semées à la volée dans les cimetières. Anonymes donc pas pour moi. J'avais expressément stipulé dans mon contrat qu'il faudrait expliciter leur mauvais choix aux gens porteurs de ce genre de plaques. Peu de remontrances s'avèreront nécessaires puisque, au vu de la pauvreté de mon réseau social, peu de gens se déplaceront pour cet adieu à ma petite personne. C'est d'ailleurs pour cette raison que j'avais mis en place ce système de tapis de billes d'acier. Il m'avait permis d'économiser le prix de quatre poignées de laiton et, surtout, je n'avais pas eu à désigner les quatre hommes susceptibles de transporter ma dépouille. Au moment d'ouvrir la porte pour quitter les lieux définitivement, j'osai une dernière requête.

« Monsieur Bonimenti, les ailes du Divco, je les préférerais en gris anthracite plutôt qu'en blanc. Y voyez-vous un inconvénient ? Blanc, ça fait trop … trop … enfin vous comprenez ce que je veux dire ?
— Oui, je vois tout à fait, ça fait trop … trop … trop

noir et blanc … trop blanc et noir.
— Oui, un contraste trop tranchant qui ne me convainc pas. »

Je fixai Walter Bonimenti du regard cinq secondes. Il me renvoya un sourire forcé.

« Adieu, lançai-je en ouvrant la porte.
— Adieu, me répondit Walter Bonimenti. »

En entendant la porte claquer derrière moi, ma décision était déjà prise. Au vu de la prestation d'ensemble du sieur Bonimenti, de ses manquements à une logique, à mes yeux, élémentaire, de sa répartie désastreuse, je ne parvenais pas à avoir une entière confiance en lui et en sa petite structure. Je venais de dessiner dans mon esprit l'ébauche d'un plan m'assurant le respect exact de mes dernières volontés lors de mon passage à trépas.

Chapitre 2
Dites trente-trois !

Mardi 4 janvier 2000 (épisode 2/24)

La voiture lancée à vive allure tomba de cinq à six fois sa hauteur. C'était une vieille Mercedes-Benz décapotable grise avec un capot aux bourrelets onctueux. Le flanc droit de la voiture percuta le sol. Le pare-brise vola instantanément et le véhicule s'engagea dans une longue série de tonneaux. Dès le premier, l'homme nu qui se trouvait sur le siège passager fut éjecté, le pied droit arraché. En percutant le sol, une articulation au niveau de sa nuque céda. Le corps de l'homme s'immobilisa presque aussitôt tandis que sa tête roulait jusqu'à mes pieds. La conductrice aux longs cheveux blonds, probablement retenue par le volant, était restée sur son siège durant la folle valse de son engin pour finalement passer le haut du corps par le cadre vide du pare-brise au moment du dernier choc. Elle était nue, allongée sur le capot, dévoilant son opulente poitrine et son large sourire crispé aux yeux du monde. Elle se trouvait dans cette position lorsque le médecin arriva sur les lieux. Je ramassai la tête de l'homme. La raie de ses cheveux et son sourire enjôleur étaient demeurés intacts. Je la tendis au petit garçon debout devant moi qui, au paroxysme de la joie, se mit à rire bruyamment, de façon exagérée même. Sa mère, assise, lui pria de se calmer, de ramasser ses jouets et de venir se rasseoir. Il s'exécuta en bougonnant.

« Anton Buridan ? interrogea le médecin en lançant un regard circulaire dans la pièce. »

Je me levai en souriant. J'entretenais des relations familières avec les généralistes de l'ouest toulousain. Mes tendances hypocondriaques m'amenaient à leur rendre de régulières et nombreuses visites. Aussi cela m'amusa de me trouver face à un médecin qui ignorait tout de moi et qui, de fait, n'avait pas pris un air agacé en m'appelant. Ma femme, Candice, avait tenu à ce que nous passions le réveillon du Nouvel An chez ses parents, à Neuilly-sur-Seine. Ce que nous avions fait. Je tenais à jour un petit carnet dans lequel je notais le détail de mes rendez-vous médicaux. La date, l'heure, le nom du médecin, sa spécialité et mes symptômes, prétextés ou non. Ce matin, j'avais donc ajouté le docteur Guilhem Bilitis à ma longue liste de praticiens, pour la plupart haut-garonnais. Je lui avais décrit une violente migraine. Il n'en était rien. C'est un mal auquel j'avais souvent recours lorsque le besoin irrépressible d'une visite se faisait sentir. Cela me permettait de pouvoir parler, de calmer mes accès d'anxiété sans que le médecin n'ait à m'ausculter.

C'est le soir que je connaissais mes crises d'angoisse les plus aiguës. J'avais l'habitude de me coucher tard, m'allongeant alors aux côtés d'une Candice endormie depuis longtemps. Les jours autour des volets fermés laissaient passer quelques rais de lumière. Les réverbères s'amusaient ainsi à écraser leur lumière orange en taches diffuses sur le plafond de notre chambre. Je me glissais sous les draps, le plus discrètement possible, soucieux de ne pas faire grincer le cadre du lit. Et si je ne m'endormais pas aussitôt, je me mettais à gamberger. J'étais alors à l'affût du moindre signal que mon corps était susceptible de m'envoyer : une douleur intercostale, une raideur dans la nuque, le bras gauche engourdi ou des battements de cœur irréguliers. J'imaginais alors à chaque fois que la douleur marquait la mise en branle d'une machinerie infernale. Le chancre qui s'apprêtait à me ronger de l'intérieur m'avertissait que le travail de sape débutait. Candice dormait. J'affrontais seul mes peurs. Elles se dissipaient alors que je m'endormais. Le lendemain matin, je souriais souvent en me remémorant la peur enfantine qui m'avait envahi la veille au soir.

En quelques occasions, comme ce mardi matin, il était impératif que j'aille me rassurer en allant consulter. Le médecin me demanda si ma migraine n'était pas tout simplement due à un réveillon du Nouvel An trop arrosé. Je lâchai un léger rire en haussant les épaules. Je lui expliquai en quelques mots que les soirées chez mes beaux-parents ne se débridaient jamais et n'étaient donc accompagnées d'aucun excès, de quelle sorte que ce soit. Le nouveau millénaire était entamé depuis quinze minutes lorsque j'avais posé ma tête sur l'oreiller, les yeux grands ouverts, tendant l'oreille pour capter quelques bribes de festivités venues de l'extérieur.

Le docteur Guilhem Bilitis me prescrivit des anti-inflammatoires. L'entendre prononcer ce mot avait suffi à faire naître un sentiment de bien-être en moi. C'était ridicule puisque je n'avais pas réellement mal au crâne. En sortant, je rejoignis Candice. Elle se promenait à l'orée du Bois de Boulogne, près de la Porte Maillot. Des agents municipaux s'affairaient à récupérer les branches arrachées par l'apocalyptique tempête, huit jours plus tôt, et à constituer des tas ressemblant à s'y méprendre à des huttes de castor. Je m'étais toujours représenté la vie comme une rivière à traverser. Quarante-cinq années à gagner le lit de la rivière. Le même temps pour atteindre l'autre rive, en évitant au maximum les écueils. Une métaphore simpliste à laquelle mes pensées s'accrochaient régulièrement. Vivre quatre-vingt-dix ans pouvait paraître optimiste pour un hypocondriaque mais mon mode de vie sain me permettait de garder l'espoir d'atteindre cette limite. A quarante-six ans, je me représentais donc comme un homme qui entamait sa sortie de l'eau. Je devais avoir cette image en tête lorsque je retrouvai Candice car avant même de la prendre dans mes bras pour la réchauffer, avant même de l'embrasser, je lui dis :

« Candice … je vais mourir.
— Encore une de tes conneries ? me demanda-t-elle, souriante, en me pinçant le menton entre le pouce et l'index.
— Non, je te jure, le docteur Bilitis me l'a confirmé à l'instant.

— Confirmé ? Depuis quand le sais-tu alors ? »

Se savoir mortel, il me semblait en avoir pris conscience tôt, à onze ou douze ans, à l'âge auquel j'avais délaissé mon enfance pour connaître mes premières introspections, pour, volontairement, me réserver quelques plages d'ennui. J'épargnai cette réponse à Candice. Je lui priai seulement de ne pas s'inquiéter. Elle en conclut, à juste titre, qu'il s'agissait d'une nouvelle fantaisie de ma part.

Un mois plus tard, après presque sept ans de vie commune, Candice et moi nous séparâmes sans que je sois capable d'une quelconque révolte. Ce jour-là, Candice m'a tendu un piège. Moi, naïvement, par facilité, incapable de m'apercevoir que ma femme attendait un sursaut de ma part, je suis tombé dedans, de manière balourde.

Chapitre 3
Les portes claquent

Vendredi 4 février 2000 – 13h58 (épisode 4/24)

Candice me reprochait souvent mon manque d'implication dans les projets du couple, qu'il s'agisse de préparer une escapade de quelques jours, d'organiser les prochaines vacances ou simplement de proposer un repas entre amis. Cela nécessitait la mobilisation d'énergies qui, dans ma vie privée, m'étaient étrangères.

Solliciter des acteurs extérieurs, leur demander d'être affables et compétents, anticiper les besoins, séquencer les tâches en se souciant de savoir si elles peuvent être parallélisées ou non, évaluer les risques et prévoir les actions correctives à mettre en place, toutes ces actions constituaient les briques élémentaires de mon poste de chef de projet informatique et je rechignais clairement à en faire usage en dehors du milieu professionnel. Depuis dix ans, j'étais employé dans la même SSII (Société de Services en Ingénierie Informatique). J'avais gravi les échelons petit à petit, un peu par pusillanimité mais surtout parce que je m'assurais de solidement ancrer mes connaissances, d'avoir une pleine maîtrise d'un poste, avant de songer à passer à l'échelon supérieur. J'encadrais désormais une équipe de huit techniciens informatiques. J'étais le référent technique du groupe et j'assurais le relais entre les jeunes embauchés et l'équipe dirigeante. J'étais responsable du suivi des coûts et du planning. Je faisais régulièrement un point d'avancement du projet avec le client, un grand groupe de luxe français, basé à Paris, pour qui nous mettions en place un outil de suivi de la chaîne logistique. J'étais là pour mettre de l'huile dans les rouages et pour remonter de bons chiffres à mes supérieurs : un bon taux d'activité, des estimations de charge gonflées mais bien maquillées, un faible pourcentage d'anomalies et, pour couronner les indicateurs précédemment cités, une bonne note à l'enquête de satisfaction globale du client.

Ce matin, au petit-déjeuner, Candice m'avait glissé, d'un air faussement détaché, en beurrant sa tartine de pain grillé :

« Tu réfléchiras où nous pourrions passer les vacances cet été ? »

Chaque année, Candice avait pris l'habitude d'organiser nos congés estivaux durant le mois de janvier. La première semaine de février touchait à sa fin et le programme de l'été n'était toujours pas arrêté, au grand dam de ma compagne. Je ne réagis pas alors, en nappant ses tartines de miel, elle me relança.

« Anton ! Je te parle ! Tu réfléchiras pour cet été ? »

Je souris, marquant un temps d'arrêt avant de desserrer les lèvres.

« J'ai bien une idée, consentis-je enfin à lâcher. »

À cet instant précis, Candice prit une décision intérieure qui risquait d'engager son avenir. Mais elle avait surtout choisi de ne pas s'embarrasser du poids de la culpabilité. Candice était professeur de philosophie dans un lycée toulousain. La conscience, le hasard, j'aurais tant aimé qu'elle brode autour de ces thèmes pour expliquer le coup tordu qu'elle m'avait fait ce jour-là. « S'il propose la Sologne, je le quitte » s'était-elle promis en son for intérieur avant de connaître ma proposition. Pour bien comprendre le déséquilibre de ce pile ou face, il faut savoir que la Sologne était la seule destination que j'avais suggérée lors des quatre ou cinq dernières années. Je fis ma proposition à Candice, l'embrassai sur le front et me rendis au bureau, tout heureux que la semaine se termine.

*

Le vendredi après-midi est un moment privilégié pour la plupart des sous-traitants informatiques. À midi le client relâche son étreinte, il reporte au lundi suivant l'invention d'un nouveau degré sur l'échelle de l'urgence. Votre interlocuteur oublie alors le nouvel outil qu'il vous a commandé, les nouvelles fonctionnalités tentaculaires dont il a dessiné les contours six mois plus tôt. Il ne répondra pas dans l'après-midi à vos remarques sur les incohérences présentes dans les règles qu'il a établies, ni sur la manière de gérer certains cas particuliers. Ou il n'est plus présent à son bureau, profitant d'un week-end prolongé, ou, s'il est là, il prépare son itinéraire vers Barcelone ou Hendaye.

En interne, les responsables de la société ABC (A Blue Chameleon), dans laquelle je travaillais, avaient profité de ce temps d'accalmie pour monter le « point hebdo ». Les forces vives de la société étaient conviées à cette messe hebdomadaire où l'important était de se montrer et de diffuser des ondes positives. Vingt-cinq project leaders, d'une trentaine d'années. Assemblée quasiment exclusivement masculine. Sur le mur, une image projetée représentait les différents projets par des disques, verts pour la plupart, trois étant orange et un seul rouge, mettant en lumière les problèmes rencontrés sur certains outils : délais de livraison non respectés, impasses techniques, immaturité des demandes du client. Chacun était invité à présenter sommairement l'avancée de son projet. Pour les responsables des projets aux couleurs chaudes, l'analyse se devait d'être plus approfondie. Il leur fallait donner les raisons des dysfonctionnements constatés et surtout détailler les plans d'action mis en place pour tenter de redresser la barre. Les contributions des autres leaders étaient les bienvenues. Et même bien vues par la hiérarchie. Il s'agissait de faire appel à « l'œil extérieur », outil surpuissant qui, verni d'un optimisme naïf, permettrait de régler un problème en le prenant par surprise. L'exercice se traduisait le plus souvent par un moment de silence gêné. Les leaders présents dans la pièce étaient de toute nature, de toute composition : les techniques qui s'embarquaient souvent dans l'inventaire d'objets imbriqués les uns dans les autres ou dans la description de workflows. Ils aimaient également prodiguer des conseils sur la façon de corriger les dysfonctionnements rencontrés par d'autres. Les vocables utilisés glissaient sur la peau des profanes. D'autres n'entraient pas dans les entrailles de la bête, ils étaient détenteurs et garants des process métier, du respect des procédures de qualité et des best practices. Enfin, certains n'entraient dans aucune catégorie, ils se contentaient du rôle de passe-plats. Sans même s'en rendre compte, ils quémandaient toujours à un collègue la réponse à une question posée par une tierce personne. Avec ce principe de fonctionnement, les connaissances, les concepts, les règles et les algorithmes ne faisaient que circuler. À se demander quelles étaient les origines de toutes ces choses, qui les avait créées.

J'étais le premier arrivé dans la salle de réunion. Le bal pouvait débuter. Les deux commerciaux pénétrèrent à leur tour dans la pièce. Ils étaient facilement reconnaissables car ils portaient tous deux une des six chemises réglementaires du bon commercial jeune et dynamique (bleu clair, blanche, blanche à fines rayures bleues, bleue à fines rayures blanches, blanche à carreaux bleu clair, bleu clair à carreaux blancs). Je ne sus si ces deux-là, Stanislas Blabla et Grégoire Brillantine, se téléphonaient la veille au soir pour éviter de mettre la même chemise le lendemain. Ils intervenaient au début du « point hebdo », déballaient quelques ratios, expliquaient à l'auditoire ce qu'il fallait en penser puisqu'il s'agissait de considérations étrangères à tous et annonçaient une ou deux « propales » gagnées dans la semaine. Ils s'éclipsaient ensuite, nous laissant réfléchir pour savoir de quelle matière nous garnirions les boîtes de conserve vides pour lesquelles ils s'étaient battus.

Tandis que les premiers participants nous rejoignaient, j'assistai à une scène figurant deux piliers indémodables de la vie au sein d'une entreprise. Habituels chez les autres, ces comportements me plongeaient toutefois toujours dans une profonde perplexité. Tout d'abord, la propension des commerciaux à parler espagnol. Ensuite, la facilité déconcertante qu'ont les hommes à faire la bise à une charmante jeune fille et à ignorer ou, dans le meilleur des cas, à serrer la main des collègues féminines moins jolies ou plus fripées. Ainsi, quand Edwige Bonnédé, vingt-cinq ans, toute pimpante, au nom opportun, nez retroussé et dents blanches, fit son apparition, Grégoire Brillantine l'accueillit avec un « hola qué tal ? » et Stanislas Blabla qualifia sa soirée de la veille de « caliente ». Christine Balatouf, du fait de sa corpulence, provoqua un déplacement d'air conséquent qui vint battre les joues du trio. Elle n'eut pourtant droit à aucun égard, aucune poignée de main ou de « hola qué tal ? » enthousiaste. Les arrivées de Jean-Michel Boudinot et d'Olivier Bricole furent ravalées au rang de la pure insignifiance. Je fis la bise à Christine Balatouf tandis que Stanislas Blabla prononçait une seconde fois « caliente ». Quelles connotations fallait-il donner à ce recours à la langue espagnole ? Ma belle, cette chemise bleue et blanche est une gangue qui emprisonne mon esprit révolutionnaire et anticonformiste et, sois sans crainte, ma soif de liberté et de justice me donnera la force de lever toutes les barricades et de creuser toutes les chausse-trapes dont nous aurons besoin pour chasser les mécréants avant que, le souffle court, nous puissions nous retrouver et nous mettre nus pour enfourcher un cheval blanc qui, d'un trot fier, nous mènera, piétinant les vagues écumantes, à une table où nous attendront deux coupes de champagne frais et des zakouskis des plus raffinés auxquels ma position sociale de nanti me donne droit. « Hola qué tal ? » est une expression dont il faudra un jour dénombrer les tiroirs. Je fis la bise à Edwige Bonnédé en pensant « Guten Tag, wie geht's ? », ce qui me fit sourire.

Christian Belivemi entra dans la pièce, d'un pas alerte, et referma la porte derrière lui. Il était notre Business Unit Manager, responsable d'un groupe de cent cinquante collaborateurs, dont les vingt présents à ce « point hebdo ». Il avait dix minutes de retard mais, en refermant la porte, il avait signifié leur faute aux autres éventuels retardataires. Ainsi ils seraient contraints de s'excuser en entrant, ce que lui n'avait pas pris la peine de faire. Christian Belivemi égrena les différents sujets à l'ordre du jour et attaqua avec le thème le plus en vogue dans le monde des SSII : travailler avec l'Inde. Depuis six mois et l'ouverture d'un centre technique « offshore » près de Bangalore, en Inde, pas un jour ne s'écoulait sans que les forces vives de l'entreprise (dont je faisais partie) ne soient sollicitées afin d'améliorer notre façon de collaborer. Christian Belivemi enchaîna alors les formules accrocheuses comme s'il souhaitait se persuader que ce choix stratégique était le bon.

« C'est un virage culturel et économique sans précédent pour notre succursale toulousaine. »
« Paris nous a à l'œil. »
« Nous ne pouvons pas nous permettre de laisser partir le

train sans nous. »

Il lâcha ensuite quelques remarques ironiques concernant les SSII concurrentes qui tentaient, à la hâte, de monter des centres techniques en Inde, parfois factices.

« Nous possédons un avantage concurrentiel certain, il nous faut le conserver le plus longtemps possible, conclut-il. »

En sus de mes missions habituelles, j'avais en charge, depuis cinq mois, l'intégration d'une équipe technique indienne. Devant l'enthousiasme excessif de notre Business Unit Manager, je décidai de contrarier le ronronnement de la réunion et de lui rappeler la réalité du terrain.

Charlène Briguetou, huit mois d'expérience en informatique, fut plus prompte que moi à intervenir. Elle portait un pantalon carotte et avait des dents de lapin.

« Certains postes d'encadrement seront-ils ouverts sur place ? Des personnes de Toulouse seront-elles envoyées en déplacement là-bas ?
— Oui, répondit Christian Belivemi, deux postes de responsable technique et deux autres d'ingénieur-qualité pour transmettre les best practices et s'assurer du respect des règles de rédaction de la documentation.
— Est-il possible de postuler ?
— Nous pourrons en parler ultérieurement mademoiselle Briguetou.
— Madame Briguetou !
— Je suis désolé madame Briguetou, j'ai déjà une longue

liste de prétendants expérimentés pour ces postes.
— Bien ! Ajoutez-y mon nom, suggéra Charlène Briguetou qui ne doutait de rien. »

Christian Belivemi préféra ne pas vexer la jeune femme et esquiva sa remarque.

« Y a-t-il d'autres questions ?
— Quels indicateurs ont été mis en place pour mesurer les retombées de la collaboration entre Toulouse et Bangalore ? questionnai-je.
— Indicateur, indicateur, ironisa Belivemi en lâchant un petit rire nasal, je pense que le PVJ (Prix de Vente Journalier) est un chiffre qui parle de lui-même. Paf ! Divisé par trois le PVJ ! Rien que cela, c'est déjà une réussite. »

Christine Balatouf était assise à mes côtés. Son anorak avait chu du dossier de sa chaise et j'entrepris de le ramasser. En me contorsionnant pour attraper le vêtement au sol, mon regard balaya le dessous des tables disposées en U. Je marquai un temps d'arrêt, courbé vers le sol. De ma position, j'étais le témoin privilégié des va-et-vient du cou-de-pied de Stanislas Blabla le long du mollet d'Edwige Bonnédé. Elle décroisa les jambes et les croisa dans l'autre sens. Fin de non-recevoir.

« Ma réponse vous intéresse ? claqua Christian Belivemi. »

Je me redressai. Stanislas Blabla piqua un fard. Il avait un instant cru que la remarque était pour lui. Elle m'était adressée. J'avais trente-cinq ans. Mon expérience, mes compétences, ma conscience professionnelle, mon sens du service et mon amour du travail bien fait plaidaient en ma faveur. Je supportais mal de me faire réprimander comme un gamin mal élevé. Heureusement, depuis plusieurs mois j'avais préparé mes arrières. Alors, la seconde et les mots qui suivraient marqueraient le début de ma nouvelle vie. Ainsi en avais-je décidé. J'avais dégoupillé la grenade que je maintenais toutefois enclenchée. Je crachai la goupille que j'avais coincée entre mes lèvres.

« Reprendre trois fois une tâche au prétexte qu'elle coûte trois fois moins, est-ce un bon calcul ? me risquai-je.
— Vous avez connu quelques balbutiements au départ ? interrogea Belivemi. Il ne faut pas en garder d'amertume mon cher Buridan. Il faut adopter une vue macro, un peu de hauteur que diable ! La collaboration est en place désormais.
— Reprendre trois fois une tâche au prétexte qu'elle coûte trois fois moins, est-ce un bon calcul ? demandai-je une nouvelle fois.
— Je vous le répète mon cher Buridan, il faut faire preuve d'optimisme. Si vous avez connu quelque déconvenue, je suis disposé à en parler. Passez me voir à l'occasion !
— Reprendre trois fois une tâche au prétexte qu'elle coûte trois fois moins, est-ce un bon calcul ? osai-je encore. »

La salle bruissa de murmures étonnés. Christian Belivemi dévisagea chaque membre de l'assemblée, à la recherche du moindre regard amusé, du moindre rictus. Mais il ne trouva face à lui qu'une galerie d'yeux ronds. Tous étaient circonspects, certains se demandant par quelle réaction allait se traduire le courroux du manager, d'autres retenant surtout, avec bonheur, la tournure singulière de la réunion.

« Vous donnez dans le sarcastique Buridan ? J'aimerais que vous cessiez là votre petit numéro. Vous me laissez terminer et vous passerez me voir à la fin du "point hebdo". »

Je me levai doucement sans montrer de signe d'énervement. Je me mis à parler sentencieusement.

« Faux monsieur Belivemi ! Trois fois faux ! Faux, je ne vais pas vous laisser terminer car je suis saoulé de vous entendre pérorer chaque semaine pour enjoliver une réalité que vous êtes contraint d'imaginer à défaut de la connaître. Faux, je ne passerai pas vous voir après cette réunion car j'ai hâte de respirer un autre air que le vôtre et je disparaîtrai dès que j'aurai vidé mon sac. Et enfin, faux, la collaboration avec l'Inde ne peut pas être qualifiée de réussite à si court terme. Vous nous vantez un produit en avançant son prix de revient ou la beauté de son emballage. Ne vous est-il pas venu à l'esprit monsieur Belivemi que le quotidien de nombre d'ingénieurs que j'encadre est basé sur autre chose ? N'aviez-vous jamais songé que pour que vous puissiez contempler cette machinerie, encore fallait-il que des esprits puissants, dix fois plus aiguisés que le vôtre, au pouvoir d'abstraction cent fois plus élevé que le vôtre, aient conçu, mis à l'épreuve et fabriqué ses rouages ? Que je reprenne trois fois la même question et vous voilà agacé. Sur notre projet, tous autant que nous sommes, nous passons notre temps à expliquer, à maintes reprises, le besoin métier lié à chaque outil demandé ou l'algorithme souhaité. Parfois même nous fournissons la brique technique élémentaire que l'équipe indienne n'a plus qu'à copier tant nous sommes las de décrire le résultat escompté ou la solution permettant d'y parvenir. Au fil des semaines et des mois, nous répétons, nous répétons, nous répétons, nous ne cessons de répéter les mêmes choses. Et lorsque, enfin, il nous semble que le message est passé, que le besoin a été compris par l'équipe indienne, il nous est arrivé à plusieurs reprises, sans avoir été prévenus, de découvrir un nouvel interlocuteur en Inde le matin en décrochant le téléphone, l'ancien étant parti vendre sa petite expérience à la concurrence pour quelques roupies de plus. »

Christian Belivemi porta un verre d'eau à ses lèvres comme si c'est à lui que ma longue tirade avait asséché le palais. Je continuai.

« Au final le sourire du comptable doit être aussi large que le fossé culturel entre les deux équipes qui doivent collaborer. Je n'ai rien contre un peu d'adversité. Je suis partant pour relever des défis. Cependant, si à une culture différente vous ajoutez un turnover incessant, ce n'est plus un fossé qu'il nous faut remplir mais le tonneau des Danaïdes. »

Christian Belivemi haussa les épaules. Il secoua la tête en susurrant « tonneau des Danaïdes » pour m'indiquer qu'il avait bien saisi ma référence mythologique. Je gagnai la sortie, ouvris la porte le plus largement possible, dans un silence absolu. Je me postai sous le chambranle et délivrai la conclusion de mon monologue.

« Je terminerai, monsieur Belivemi, en vous invitant, si vous le souhaitez, à visiter "l'open space" sur lequel nous travaillons, à vous rendre compte par vous-même du degré de lassitude et de frustration que la situation a engendré chez chacun des membres de mon équipe. Notre histoire commune s'arrête là. Pour ma part, j'ai déposé ma lettre de démission sur votre bureau, elle prendra effet immédiatement. De votre côté, je vous laisse poursuivre le débat de la semaine dernière quant à savoir si une armoire obstruant une entrée est un gage de sécurité suffisant pour un client militaire pour qui la confidentialité des données est une priorité absolue.
— Merci pour vos bons conseils Buridan, ironisa Belivemi, nous tenterons de nous débrouiller sans vous. »

Il accompagna sa remarque d'un geste circulaire du bras pour solidariser l'assemblée derrière lui.

« Au fait, ajoutai-je en me moquant gentiment, si par hasard vous étiez amené à vous perdre dans les bureaux où se trouvent les membres de mon équipe, n'oubliez pas de vous présenter. Vous les pressez au maximum. Vous combinez, vous agrégez les chiffres de chacun et vous obtenez vos ratios, vos indicateurs. Ces chiffres vous déplaisent ou vous ravissent mais sachez, monsieur Belivemi, que ceux qui vous les ont servis ne vous connaissent, pour la plupart, ni de nom, ni de vue. Pour eux, vous n'êtes rien. »

Je ne lui laissai pas le temps de répondre. Je filai vers mon bureau pour récupérer mes quelques effets personnels. Je ne lâchai pas un mot aux deux collègues qui partageaient mon espace de travail, une grande blonde un peu sotte, aux allures d'équidé, à qui je répondis par un « Hmmm » quand elle me demanda si je partais déjà en week-end et un grand dadais, aux réflexes scolaires, avec qui j'étais en froid depuis plus de sept ans. Il avait très peu apprécié que je ne le réceptionne pas alors que nous nous prêtions à un jeu mis en place lors d'un séminaire sur la cohésion de groupe. Pendant un jeu basé sur la confiance mutuelle, j'avais volontairement laissé tomber ce type qui ne m'inspirait rien de bon, puis j'avais prétexté un moment d'inattention alors que deux autres collègues l'aidaient à se relever.

*

En ouvrant la porte de mon domicile, je remarquai immédiatement que le pot de métal noir, taché de fleurs fuchsia, dans lequel Candice entreposait ses sachets de thé aux fruits rouges, avait disparu. Ou du moins avait-il été déplacé. J'allais d'une pièce à l'autre, sans but, en quête d'apaisement. Candice n'était pas là. Cela ne me préoccupa pas. Elle avait des horaires de travail relativement variables. Il lui arrivait aussi, à la fin de ses cours, de faire une course avant de rentrer. Je passai dans le salon, j'allumai le poste de télévision pour rompre le silence. À l'image, le ballet des camions chargés de bois en lisière d'une forêt dévastée par la récente tempête. Un journaliste à l'air grave et à la cravate de travers annonça que l'exploitation du bois irait en s'intensifiant pour éviter trop de gâchis. Le reportage s'acheva sur l'image figée de troncs d'arbres encore debout mais cassés en deux, déchiquetés, éperons majestueux déchirant la brume matinale et les nuages de poussière soulevés par les camions transportant des troncs proprement débités.

Cette image de paysage dévasté me revint lorsque, décidant de me mettre à l'aise, je passai dans la chambre, j'ouvris la penderie et découvris que les vêtements de Candice avaient tous disparu. Je compris aussitôt. Mes yeux s'ouvrirent aussi largement que possible. Le reste de mon corps se trouvait prêt à remonter et à dégouliner par mes orbites. Tout reprit naturellement sa place alors que je sentais les pulsations de mon cœur dans mes tempes. Les dix secondes qui suivirent, j'ai alterné deux états. J'avais d'abord une vision de la forêt dévastée, figée, comme apparue sur le poste de télévision. J'étais alors presque sourd, j'avais juste la perception d'un léger bruit de ressac lointain. Puis j'eus la vision fugace d'une faille qui s'ouvrait au sol et avalait des monceaux de sable en rubans indisciplinés. L'abîme noir aux ombres violacées travaillait sans relâche avec un grésillement de poste de radio déréglé au volume poussé à fond. Forêt. Faille. Forêt. Faille. Forêt. Faille. Au bout de quelques instants, je repris mes esprits. Je me mis nu. J'entrai dans la penderie, dans l'espace laissé vacant par les robes et les vestes de Candice. De l'intérieur, je refermai la porte. Voilà que je faisais le pitre, que j'oubliais toute retenue. Ce que Candice avait attendu des années, en vain. C'est du moins l'hypothèse à laquelle je m'accrochai même si je n'avais pas perçu ce que ce vendredi avait de particulier. Je me surpris même à parler seul, pratique qui m'était jusque-là étrangère et à laquelle il faudra probablement que je m'habitue. « Il fait noir ». « Quelqu'un pourrait-il m'indiquer la sortie ? ».

Je repris. « Quelqu'un pourrait-il m'indiquer la sortie s'il vous plaît ? ». Je sortis de l'armoire, estimant que cette performance ridicule avait assez duré.

Nu, je regagnai le salon, éteignis le poste de télévision. M'asseyant dans le canapé de cuir, j'ouvris du bout des doigts le tiroir du bout-de-canapé et en tirai un flacon empli de gélules. J'avais pris l'habitude de disséminer dans chaque meuble de rangement ce genre de flacons dont j'étais le seul à connaître le contenu, au grand dam de Candice. J'en avalai une, histoire de me calmer. Alors que la gélule se trouvait encore au fond de ma gorge, je sentis pourtant immédiatement une grande quiétude me gagner. Au plus profond de moi, j'avais déjà pardonné son départ à Candice tant je comprenais qu'elle ait pu se lasser de la monotonie de notre vie. Le manque de projets, de complicité et de moments enthousiasmants avait eu raison de notre couple. J'étais un poids mort pour elle. Elle m'avait sanctionné. Elle avait eu raison. En revanche, même en me repassant mentalement certaines séquences de notre vie, certaines discussions, je ne pus jamais m'assurer que Candice m'avait envoyé des messages d'avertissement. Je bus un verre d'eau pour faire glisser la gélule. Je fermai tous les stores afin de plonger l'appartement dans le noir complet. À 19h20, je me glissai sous les draps, souhaitant tirer un trait au plus vite sur cette triste journée. Allongé, les deux mains derrière la tête, je souriais, m'amusant à penser que pour une fois que j'avais fait montre d'effronterie, pour une fois que j'avais sciemment transgressé les règles établies, je n'avais personne avec qui partager ce moment de témérité jubilatoire.

J'avalai la moitié d'un somnifère, enfilai mon masque de nuit et m'allongeai dans le lit à la place qui était habituellement la mienne, sans parvenir à me mettre au milieu. Mon cœur tressaillit, battit de manière irrégulière. Je ne m'inquiétai pas. Je ne fis pas de cette palpitation passagère la manifestation d'une histoire d'amour éteinte. Je savais pertinemment que j'avais bu aujourd'hui plus de café qu'à l'ordinaire.

Chapitre 4
À une lettre près

Vendredi 4 février 2000 – 08h24 (épisode 3/24)

Candice dessinait une spirale de miel sur sa tartine, elle s'adressa à moi en levant la voix car j'avais semblé ne pas avoir été attentif à sa première sollicitation.

« Anton ! Je te parle ! Tu réfléchiras pour cet été ? »

Mon bol à la main, j'avais déjà orienté mes pensées vers ma journée de travail, explorant les diverses possibilités d'un jeu de taquin imposé par une problématique organisationnelle. La question de Candice me força en un instant à me matérialiser à nouveau dans notre cuisine avant de me projeter par la pensée vers des destinations plus ou moins exotiques, plus ou moins fantasmées. Supposant qu'elle souhaitait une réponse rapide, je ne pris pas le temps de la réflexion. De ce fait, au lieu de lui servir un « j'y réfléchis, nous en reparlerons ce soir » tiède qui m'aurait donc ressemblé et dont Candice se serait probablement accommodée, je répondis « j'ai bien une idée » et je poursuivis en lui exposant mollement, en peu de mots « la Sologne, ce serait bien non ? Pour toi qui aimes le calme ». Je bus le fond de mon bol, embrassai Candice sur le front et j'enfilai ma veste en même temps que je claquai la porte derrière moi.

À une lettre près, j'aurai pu susciter un réel intérêt chez elle, j'aurai pu lui faire une proposition inédite, évoquer une destination inattendue, suggérer une escapade romantique, j'aurai pu dire « Cologne », j'aurai pu dire « Pologne », j'aurai pu dire « Bologne ». Mais non, j'avais dit « Sologne », un coin de France dont le nom serait à jamais empreint de nostalgie à mes yeux.

À l'âge de quinze ans, lors d'une colonie de vacances organisée par l'assistance publique, une jeune fille de deux ans mon aînée m'avait initié aux plaisirs sexuels. Mes premiers jeux. Cela s'était passé dans un camping près de Lamotte-Beuvron. Elle s'appelait Valérie et venait de Bitche, en Moselle. Nous avions entretenu une correspondance éphémère, deux mois tout au plus.

Candice ignorait cet épisode qui avait illuminé mon adolescence et, de fait, ne voyait dans mon entêtement qu'une marque de paresse intellectuelle. Jamais elle n'eut la curiosité de se demander pourquoi, année après année, je continuai à ne proposer que cette destination. Ce soir, alors que je me couchais seul, ce constat me blessa.

Chapitre 5
Je mange mes tartines de tapenade seul

Samedi 24 avril 2010 (épisode 7/24)

Je n'avais pas d'ami. J'y étais pour quelque chose. Mon incapacité chronique à mettre de la spontanéité dans mes rapports aux autres renvoyait de moi l'image fausse d'un homme peu sociable et froid. C'est du moins ce que je ressortais de mes introspections du soir. Depuis le départ de Candice, dix ans donc, j'avais pris l'habitude, avant le repas du soir, de me préparer deux tartines couvertes de tapenade d'olives noires, de me verser un vermouth et de m'asseoir dans un fauteuil de cuir à l'assise défoncée. Là, je laissai mon esprit filer. Et j'ouvrai des tiroirs. Celui portant l'inscription « Inadaptabilité sociale » comptait bon nombre d'anecdotes et, ce soir encore, je m'apprêtai à en ranger deux nouvelles survenues ce jour :

Anecdote n°1

En fin de matinée, j'étais attablé à la terrasse d'une brasserie de Toulouse où j'avais mes habitudes, près de la cathédrale Saint-Etienne. La veille, j'avais répété mon enterrement et la qualité des prestations de sieur Walter Bonimenti ne m'avait pas totalement convaincu. Je n'avais pas senti chez lui le souci du détail. Alors que je jetais les bases d'un scénario qui me permettrait de juger de son professionnalisme et de m'assurer du respect du contrat passé ensemble, un collègue m'accosta. Après mon départ fracassant du monde du service informatique, j'étais devenu professeur de mathématiques, sciences physiques et chimie dans une école d'ingénieurs privée. En dix ans, j'avais rencontré des collègues de travail, je ne m'en étais pas fait des amis. Benjamin Boulard me tapa sur l'épaule.

« Anton ! On prend le soleil ? »

Merde. Il était professeur de français, spécialisé dans les poètes français du XVIe siècle. L'humilité n'était pas sa vertu première et il sentait toujours l'eau de Cologne.

« Bonjour Benjamin. Tu veux te joindre à moi autour d'un verre de Chablis ? »

Ma phobie des rapports humains ne m'avait pas fait perdre pour autant les rudiments de la bienséance. Mais j'implorai tout ce qu'il était possible d'implorer pour que Benjamin Boulard ait une course urgente à faire ou un rendez-vous pour se faire arracher une dent.

« Avec plaisir, me répondit-il tout en demandant à la table d'à côté s'il pouvait emprunter une chaise. »

Merde encore.

« Tu as l'air songeur. À quoi pensais-tu ? m'interrogea-t-il. »

À la façon dont je m'apprête à blouser celui qui m'enterrera, pensai-je.

« Au manque d'implication de certains de mes élèves, me parut une réponse plus acceptable, la première qui me vint à l'esprit en tout cas. »

Il s'esclaffa bruyamment. Tout ce que je ne supportais pas. Des gens se retournèrent, les sourcils froncés. Il m'expliqua que je pouvais m'estimer heureux avec mes matières scientifiques et que les étudiants considéraient l'heure de français du vendredi matin comme une récréation ou une opportunité offerte pour prolonger leur courte nuit. J'eus à lui opposer le fait que son postulat de départ était erroné. Tous les scientifiques ne se désintéressent pas des arts et des lettres. Si un seul étudiant trouvait dans ses cours matière à alimenter sa culture et sa réflexion, il fallait persévérer.

« Tu es un doux rêveur Anton ! Pour ma part, ce sera devoir surprise vendredi prochain. Ronsard sous toutes les coutures. Zéro aux absents. Notation stricte. Je vais réveiller les consciences. »

C'est alors qu'il enchaîna sur un sujet pour lequel mes connaissances et mon intérêt cumulés frôlaient le néant.

« Cet après-midi, je vais cueillir des champignons. »

Les crocs de la bête s'étaient plantés, sournoisement. Le mal-être pouvait s'installer.

« Ah oui ? Tu fais des omelettes avec ensuite ? » feignais-je de m'intéresser.

J'avais épuisé le stock de mes questions sur ce thème.

« Non, je fais des bocaux avec. »

Panique. Peur du vide. Peur du silence. Il me fallait impérativement casser l'enchaînement des paroles et des actes. Je ne savais pas poursuivre une conversation coûte que coûte. Je regardai ma montre et, prétextant une affaire urgente, je m'éclipsai après avoir bu d'un trait le fond de mon verre et laissé de quoi régler la note. Merde et merde. Siffler du Chablis pour ces foutus champignons.

Anecdote n°2

L'après-midi, j'avais eu envie de me mêler à la foule, anonyme parmi les anonymes. Je me rendais à pied depuis chez moi jusqu'à la rue Saint-Rome, une rue piétonne et commerçante du centre de Toulouse. Les files de badauds s'organisaient. Vers les Carmes, ceux dont j'étais, nous marchions sur la droite de la rue pavée. À notre gauche, un flot ininterrompu de marcheurs distraits se dirigeait vers la Place du Capitole. C'était la règle. Sur la ligne de coulissage les frictions n'étaient pas rares. Il fallait ensuite compter sur les impétueux qui, sciemment ou non, se lançaient dans une avancée à contre-courant, tenir compte des éventuels écueils, groupes de personnes arrêtées pour discuter, couple distrait avec une poussette qui ralentissait le flot. Un garçonnet qui courait percuta mes jambes. Mon premier réflexe fut de chercher les parents des yeux afin de leur lancer un regard réprobateur.

Ce soir-là, sur mon trône au cuir craquelé, en finissant ma première tartine de tapenade, j'eus la certitude que Boulard était un con et en entamant la seconde, je souris en pensant au petit garçon, de cinq ans tout au plus, qui ne connaissait pas les règles de la vie en société, qui n'était pas encore formaté. Quelle fraîcheur ! Sur le coup, j'avais été agacé par le regard espiègle du gamin. Je m'en voulais maintenant.

Tout ce qui touchait à la petite enfance et à la paternité me mettait mal à l'aise. Au début de l'année 1994, Candice m'avait annoncé qu'elle était enceinte. Je l'avais prise dans mes bras mais je n'avais pas ressenti d'émotion particulière. Etre père, je ne parvenais pas à appréhender ce que cela impliquait. Trois semaines plus tard, elle perdait le fœtus. Ma réaction fut marquée par la froideur et le manque de tact. Pour ma part, je le pris comme un projet vaporeux qui venait de capoter. Candice était dévastée mais tentait de ne rien laisser transparaître. Et je ne lui fus d'aucun soutien. À aucun moment je ne tentai de l'interroger sur son ressenti. Je préférai jouer la carte de la diversion. Pour nous changer les idées, nous dinâmes dans un bon restaurant du centre de Toulouse où nous échangeâmes des banalités. Nous occultâmes le sujet à tout jamais.

Si l'on s'en tenait à mon parcours professionnel, à mon réseau social (des plus ténus (et que je cultivais à ma convenance tel un tailleur de bonsaïs infiniment patient)) ou à la valeur de mon patrimoine, j'apparaissais comme un homme dans une position enviable. Dix ans dans l'informatique, presque autant dans l'enseignement supérieur et un héritage substantiel reçu il y a à peu près deux ans de la part d'un homme peu loquace, Aimé Bernoulli, qui avait fait fortune en montant et en revendant trois décennies plus tard une société de système d'arrosage automatique. Je n'avais découvert cela qu'à sa mort, alors qu'il me faisait seul légataire de ses biens. Pour moi, Aimé Bernoulli avait toujours été l'homme taciturne que je retrouvais quasiment tous les samedis en fin de matinée au square Boulingrin sous un majestueux kiosque. Il m'avait initié au jeu de go, un jeu de stratégie d'origine chinoise dans lequel il s'agit de déposer des pions (appelés « pierres ») noirs ou blancs sur un plateau afin de bâtir des territoires ou, au moins, des zones d'influence. Aimé Bernoulli m'avait transmis les bases du jeu, puis au fil des mois et des années, avait partagé avec moi la richesse des combinaisons, la diversité des positions de référence et la terminologie, principalement japonaise. S'il nous était déjà arrivé d'échanger nos points de vue sur des sujets d'actualité, nous avions rarement évoqué nos vies privées. Nous n'étions pas en contact en dehors de ces rendez-vous du samedi. Dès lors, la survenue d'une contrainte imprévue avait déjà poussé l'un à manquer une de ces joutes sans que l'autre ne soit averti. Nous avions convenu d'une attente maximale de quinze minutes. Cela se produisit peu fréquemment. Aussi, deux ans plus tôt, j'avais trouvé étrange qu'Aimé soit absent deux semaines consécutives. Au troisième faux bond, l'inquiétude se substitua à l'étonnement. En rentrant chez moi, dans la boîte aux lettres m'attendait le courrier d'un notaire m'apprenant simultanément son décès et le descriptif du legs qu'il m'avait fait. J'aurais pu me faire rentier. Je ne changeai rien à mes habitudes et à mon train de vie. J'aurais pu mettre à l'abri des générations derrière moi. Je n'eus pas à composer, j'étais seul. Lorsque Candice avait perdu notre bébé, cela m'avait tracassé quelques jours mais mon histoire personnelle avait dénaturé ma vision de l'enfance de manière irréversible et autrement plus insidieuse. J'aimais à dire à tous ceux qui ne connaissaient pas mon parcours et m'imaginaient issu d'un milieu bourgeois que j'avais passé mon enfance entre Genève et Monaco. Et c'était vrai. Dans un orphelinat situé dans un minuscule hameau proche de Briançon, à mi-chemin entre Genève et Monaco. J'ai passé les seize premières années de mon existence dans un foyer pour enfants orphelins.

Mais que ce soit là-bas ou, des années plus tard, ici, à Toulouse, je ne liais aucune amitié profonde. Dès lors, je passais mon temps libre presque exclusivement seul. Dix ans plus tôt, alors que je préparais ma sortie tumultueuse du monde de l'informatique, j'avais entrepris les démarches nécessaires et complété ma formation pour devenir professeur. Depuis, j'enseignais les mathématiques, les sciences physiques et la chimie dans une école privée post-BAC, qui se faisait pompeusement appeler « école d'ingénieurs » mais dont le cursus s'arrêtait pourtant à BAC+4. Ce poste me laissait de nombreuses plages de temps libre. Alors, je hantais les bibliothèques, les librairies ou une terrasse de café proche de la cathédrale Saint-Etienne. J'évitais le quartier des Carmes et le quai de la Daurade pour ne pas avoir à gérer les sourires narquois ou les accolades de certains de mes étudiants qui, l'alcool aidant, se montraient soudainement plus entreprenants et démonstratifs que lorsque je les envoyais résoudre un problème devant le tableau noir.

Chapitre 6
Une enfance en apnée

Lundi 2 juillet 1979 (épisode 1/24)

Oui. J'avais passé les seize premières années de ma vie dans un orphelinat : « La maison du second départ ». Alors que je n'étais encore qu'un nourrisson de cinq mois, mes parents se donnèrent la mort, au même moment, chacun de son côté. Ils ne s'étaient pas concertés, n'avaient même jamais évoqué le sujet entre eux ou n'avaient jamais fait part de leurs détresses à quiconque. Mon père s'était pendu avec une ceinture attachée aux tuyaux qui serpentaient au plafond de la cave. Ma mère avait sombré en avalant des dizaines de pilules après s'être allongée sur le lit, à l'étage. Au rez-de-chaussée, j'étais resté deux jours dans mon berceau jusqu'à ce qu'une voisine s'inquiète de voir des fenêtres restées ouvertes un soir d'orage où la pluie tombait drue.

J'avais alors été placé à « La maison du second départ ». Pour seize années d'apnée. Durant cette période, je n'avais pas réussi à nouer de véritable amitié. J'avais subi les sarcasmes, les remarques cruelles des autres enfants qui avaient eu vent de mon histoire. Papa est en bas, maman est en haut. Alors, je préférais rester à l'écart, de mon plein gré. Le repaire de ma jeunesse fut la bibliothèque du foyer, sombre, emplie de l'odeur du papier humide. En ce lieu, je cultivais mon imagination en ouvrant un roman ou un recueil de poésie, j'emmagasinais des connaissances phénoménales en parcourant les différents tomes d'une encyclopédie, ricochant d'un sujet à l'autre, parfois pendant des heures. L'éducateur en charge de ces rayonnages s'appelait Bibi. Les enfants se moquaient de lui, le surnommant « Bibiothèque ». Il le prenait bien. D'origine ivoirienne, Bibi était un quinquagénaire d'une érudition rare et d'une intelligence évidente. Arrivé sur le sol français vingt ans plus tôt, il n'avait pas réussi à faire valoir ses diplômes étrangers. Son envie de se rendre utile et sa philanthropie l'avaient vite amené à « La maison du second départ ». Il y avait posé son baluchon. Bibi était le seul à avoir décelé mes facilités en termes de mémorisation et d'apprentissage et mon appétit insatiable de savoir. Il ne me donnait jamais de cours magistraux et ne passait pas des heures au-dessus de mon épaule. Lorsque j'entrais dans la bibliothèque, il m'orientait, il me distillait quelques mots. La plupart du temps, je suivais les conseils prodigués et découvrais des univers ignorés des chemins balisés des manuels scolaires. Bibi me soufflait un mot et j'ouvrais les encyclopédies, je déroulais la pelote, prenais des notes, noircissais des pages et des cahiers.

Bibi dit « dadaïsme », je découvre Marcel Duchamp, sa roue, sa fontaine, l'œil cacodylate de Picabia. Bibi dit

« Planck ». Electromagnétisme. Longueur d'ondes. Interférences lumineuses. Paraboles. Bibi dit « clair-obscur ». Rembrandt. Peinture flamande. Le Caravage. Bibi dit « mécanique des fluides ». Théorème de Bernoulli. Tuyère. Coup du bélier. Bibi dit « Danube ». Je découvre les artistes inspirés par le fleuve et les villes qui le bordent. Bibi dit « Pataphysique ». Je découvre Boris Vian et la Grande Gidouille. Bibi dit « Inde ». Je découvre le Taj Mahal, Bénarès, Chandernagor et la pluviométrie de Cherrapunji.

Interrompant ma lecture, il arrivait qu'une éducatrice vienne me chercher, arguant d'un « Viens jouer avec tes copains ! » ou « Allez ! Il fait beau dehors ! ». Je l'accompagnais alors en rechignant doucement. Bibi souriait à mon passage et me demandait « Alors ? Cela t'a plu ? » pour savoir ce que m'avait inspiré le thème proposé en ce jour. Et je répondais d'un geste de la main ou avec quelques mots. Je partageais alors les jeux de mes camarades sans réel enthousiasme.

À quinze ans, session 1979, je décrochai mon baccalauréat scientifique, mention très bien, avec 19,35/20 de moyenne. J'étais le premier pensionnaire de « La maison du second départ » à décrocher ce diplôme. Avec un tel niveau d'excellence, à quinze ans, cela avait ému le directeur aux larmes. Il avait tenu à organiser une cérémonie à l'orphelinat, y conviant la presse locale du briançonnais. Cela partait d'une bonne intention. Champagne, guirlandes de papier, choux à la crème. Mais aussi une allocution assez maladroite lors de laquelle il revint de manière insistante sur l'épisode du double suicide parental et, alors qu'il revenait sur mes notes exceptionnelles, il se mit à broder autour de mon supposé sujet de philosophie. En réalité, c'est l'autre sujet, parmi les deux proposés, que j'avais choisi. Je ne vis aucun intérêt à rectifier. Je cherchai Bibi des yeux. Il n'était pas là. Puis j'abandonnai ma recherche, sollicité par tous. Bibi ne voulait pas me voir partir. Il savait que je n'aurais pas de successeur et qu'avec mon départ il perdait son unique source de distraction. Le soir même, je partis en train pour Toulouse où je poursuivrai mes études. Mes effets personnels tenaient dans une valise. À Toulouse, ma chambre d'internat sonnait creux. Je ne remis jamais les pieds à « La maison du second départ ».

Chapitre 7
Le bleu sarcelle

Samedi 24 avril 2010 (épisode 8/24)

Allister Barnabul tournait dans les rayons du supermarché depuis quinze minutes lorsqu'il dénicha enfin l'article qu'il cherchait. Là, un bac rempli de parasols. Il en repéra immédiatement un, bleu sarcelle. Il en restait un seul de cette couleur, tous les autres étaient bariolés. Allister Barnabul adorait le bleu sarcelle. Mais avant tout, il souhaitait trouver du réconfort, quelle que soit la forme que celui-ci pût prendre. Une heure plus tôt, il avait en effet eu à subir les moqueries de son responsable. Allister travaillait depuis deux mois dans une agence immobilière de Lattes, dans l'agglomération montpelliéraine. Alors qu'il passait le pas de la porte, son supérieur l'apostropha.

« Allister !
— Oui ?
— Vous savez que je vous aime bien ?
— Oui … peut-être.

— Non, c'est sûr ! Deux semaines de congés deux mois après l'embauche, c'est du rarement vu. »

Allister sourit, piteux.

« Mais, surtout, poursuivit le gérant de l'agence, profitez de ce temps de relâche pour abandonner la coupe mulet, je supporte de plus en plus difficilement les railleries de nos potentiels clients. »

L'assistance, exclusivement composée de ses trois collègues, des jeunes filles aux charmes ravageurs, fut parcourue par une onde électrique qui vrilla les cordes vocales des demoiselles qui se mirent à glapir frénétiquement.

Allister Barnabul ne rétorqua pas et ferma la porte derrière lui. Il choisit la fuite. Et c'est en se perdant dans le dédale d'un centre commercial qu'il tenta d'oublier l'humiliant épisode. Il glissa le parasol bleu sarcelle sous son bras qui supportait déjà le poids d'un lourd cabas. Allister prenait la route l'après-midi même pour la station balnéaire de Castelldefels, quelques kilomètres au sud de Barcelone. Dix jours là-bas pour se changer les idées.

Chapitre 8
Le marchandage

Jeudi 29 avril 2010 – 08h29 (épisode 9/24)

Les étudiants avaient pris l'habitude, pour fumer leurs cigarettes, de se regrouper le long du parapet surplombant la Garonne, quai de Tounis. De l'autre côté de la chaussée, je poussai la lourde porte de l'école dans laquelle j'enseignais : l'ESTOCAM (Ecole Supérieure des Techniques d'Opportunisme Commercial par l'Abstraction Mathématique). En passant devant la plaque, près de l'entrée, je ne pouvais jamais m'empêcher de penser à l'anagramme anatomique. Comment Jean-Hugues Bineguebou, fondateur de cette école à la fin des années quatre-vingts, directeur toujours en place, avait-il pu passer à côté ? Avait-il au moins déjà noté la bizarrerie ? L'école souhaitait faire dans le clinquant. Non contente de promettre la délivrance d'un diplôme d'ingénieur dans sa plaquette publicitaire malgré le cursus de seulement quatre ans (au lieu des cinq années normalement requises), la direction de l'école maniait également l'art du trompe-l'œil au niveau du décorum. Les murs et le plafond du rez-de-chaussée étaient d'un blanc immaculé, juste cassé par l'ombre de quatre piliers ivoire. Sur la droite, la réception et le secrétariat se trouvaient dans des cubes de verre fumé aux arêtes et aux encadrements de porte délimités par des lames d'aluminium. Sur la gauche, le sol en ardoise était troué de disques de moquette rouge et épaisse qui, en pas japonais, menaient aux deux grandes salles de l'école : un amphithéâtre aux fauteuils de velours pourpre, profonds – ils servaient peu, juste pour les discours de Jean-Hugues Bineguebou et lors de quelques examens – et une salle de réception aux murs de briquettes roses et dans laquelle, par recherche de contraste, avaient été installés quelques éléments de décor modernes, des lampions suspendus en silicone vert anis, des consoles de plexiglas supportant quelques bibelots aux coloris vifs et, au fond de la salle, une série de matriochkas dont la plus imposante mesurait deux mètres cinquante de haut. Ces lieux, situés au rez-de-chaussée, étaient les seuls visibles par les parents d'élèves les jours de rentrée ou par les partenaires de l'ESTOCAM, qu'il s'agisse des parrains industriels et commerciaux ou des huiles issues de tel ou tel bureau d'une entité territoriale.

Il suffisait de passer aux étages supérieurs pour comprendre que le même soin n'était pas apporté à tous les niveaux du bâtiment. Là, toutes les pièces étaient crépies d'une peinture perlée, rose ou bleu pastel, sans âge, encombrées de tables individuelles aux plateaux usés. Accroché au mur, un tableau noir. Juste dessous, une estrade couverte de poussière de craie supportait le bureau du professeur. Les fenêtres donnaient tantôt sur la Garonne, tantôt sur une cour intérieure derrière l'immeuble.

La seule pièce aveugle de l'école, au premier étage, je m'y rendais, c'était la salle des professeurs. J'entrai. L'antique cafetière que partageaient tous les enseignants crachait des nuages de vapeur, au travers desquels je reconnus une reproduction de « Nighthawks », le célèbre tableau d'Edward Hopper. Madame Balablan le soulevait, le retenant du bout des doigts. Madame Balablan était une trentenaire qui avait rejoint l'école en début d'année scolaire, professeur de sociologie et de comportementalisme, elle était excessive dans toutes ses réactions, mettait énormément de théâtralité dans ses interventions et louait les vertus du dialogue même si elle préférait, et de loin, que ses interlocuteurs partagent son avis. Me tournaient le dos, tête basse, monsieur Beubeu, le professeur de dessin industriel barbu et madame Bouchkouzu, personne très effacée, le visage tout en longueur, très osseux, rendu triste par ses paupières tombantes. Elle était en charge des cours de comptabilité générale, comptabilité analytique, marketing et commerce international. Madame Bouchkouzu fixait ses chaussures du regard. Monsieur Beubeu, l'air gêné, était arrivé depuis peu, il portait encore son blouson au cuir râpé sur les épaules.

« Anton, tu tombes bien, m'apostropha illico madame Balablan.
— Quel accueil ! En quoi puis-je t'apporter mon aide ?
— Te rappelles-tu de l'échange que nous avons eu le mois dernier, ici même, alors que nous étions sept ou huit autour d'un café ? Nous étions unanimes pour dire que cette salle des professeurs était un territoire hostile et

froid et qu'il s'avérait urgent d'y ajouter des couleurs, des fenêtres, fussent-elles virtuelles. »

Je mis en branle tous les mécanismes me permettant de tenir un raisonnement logique. Madame Balablan nous présentait un tableau, ce qui semblait faire écho de manière plutôt claire à cette discussion qu'elle venait de me remémorer. J'aimais ce tableau mais je cernais mal comment ses couleurs ternes et la mélancolie qui s'en dégageait pourraient mettre de la gaieté dans la salle des professeurs. C'était une affaire de goût. Je n'avais toutefois pas d'explication quant à l'origine du malaise palpable qui régnait dans la pièce.

« Oui, je m'en souviens très bien, répondis-je. Et si j'en crois ce que je vois, tu es la première à avancer un pion, en espérant que cela suscite chez d'autres, moi y compris, l'envie d'en faire autant. »

Monsieur Beubeu se retourna brusquement, me lançant un regard noir. Madame Bouchkouzu, dans une torsion saccadée du cou, me présenta son visage et ses yeux implorants comme si ce que j'avais dit à l'instant se trouvait hors de propos et qu'une vérité dérangeante allait être déballée devant moi.

« Tu nous mets devant le fait accompli, lâcha monsieur Beubeu en s'adressant à madame Balablan, d'un ton sec. »

Madame Bouchkouzu approuva en poussant un « Hmmm » aigu venu du fin fond de sa gorge. Madame Balablan m'expliqua alors que la veille, en déambulant dans les allées d'une brocante, elle avait réussi à arracher ce tableau après un long marchandage. Elle concéda que le prix demeurait élevé malgré ce qu'elle avait réussi à grignoter. Elle reconnut également que la contribution qu'elle demandait à chacun d'entre nous était substantielle.

« C'est le moins que l'on puisse dire, pouffa Beubeu avec un rire nasalisé.
— Pas d'ironie s'il te plaît, supplia Balablan, je n'ai pas eu le choix, il fallait que je prenne ce tableau, cela s'est presque imposé à moi.
— Il fallait … Il fallait … maugréa Beubeu. »

J'avais une histoire particulière avec ce tableau. À treize ans, il avait été le premier objet d'art auquel je m'étais intéressé. Je l'avais découvert par un chemin détourné. Bibi, à l'entrée de la bibliothèque de « La maison du second départ » m'avait glissé l'expression « American way of life ». En plusieurs jours, j'en avais ouvert tous les tiroirs. Dans l'un d'eux, j'avais découvert les noms de quelques artistes qui avaient décliné le thème dans leurs œuvres. Parmi eux, Edward Hopper, ses paysages mélancoliques, ses personnages solitaires, évidemment. Mais c'est surtout « Nighthawks » qui m'ébranla lorsque ce tableau m'apparut pour la toute première fois. Je ne sais quel élément me troublait le plus, le sol vert-de-gris, le visage impassible des clients de ce dîner typiquement américain ou l'absence de toute issue visible qui rendait ceux-ci captifs. Je gardai ces considérations pour moi.

« Restez ici, demandai-je, je reviens dans deux minutes. Je vous ferai alors une proposition qui, j'en suis sûr, contentera chacun de nous. » J'avais dit cela avec le sourire. Mes collègues s'étaient depuis longtemps habitués à mon humeur maussade, à mes réflexions qui traduisaient un certain désenchantement. Je ne voyais aucun d'eux en dehors de l'école, je livrais très rarement des anecdotes relatives à ma vie personnelle ou à mon passé. Aussi étaient-ils étonnés de me voir goguenard, les yeux rieurs, alors que je m'éclipsai.

Je m'étais savonné les mains comme je le faisais chaque matin après avoir serré celles de mes collègues, y compris celles des femmes, et, le pire, les pognes moites de Beubeu, à me donner un haut-le-cœur à chaque fois, même en m'y étant préparé.

De retour dans la salle des professeurs, je remarquai que Balablan avait déposé l'imposant tableau sur le sol et que Benjamin Boulard, le vaniteux professeur de français, avait rejoint le groupe. Nous nous serrâmes la main.

« Alors ? Cette proposition ? » me demanda immédiatement Balablan.

Beubeu fixait mes lèvres du regard. Bouchkouzu, prostrée, s'intéressait à la pointe de sa chaussure droite. Boulard zyeutait chacun de nous, tentant de comprendre l'affaire.

« C'est tout simple ! annonçai-je. Ce tableau représente beaucoup pour moi et je tiens donc à l'offrir à l'école.
— C'est-à-dire ? questionna Balablan.
— Lundi prochain, j'aurai en ma possession, plié en deux

dans la poche intérieure de mon veston, un chèque qui couvrira les frais engagés. »

Les regards convergèrent alors vers Balablan.

« Non, ça me gêne, je ne peux pas accepter, dit-elle.
— Je ne vous laisse pas le choix, lui rétorquai-je, le mien est irrévocable, et c'est un plaisir immense de le faire. Je vous donnerai une explication détaillée lundi. Vous comprendrez alors les ressorts logiques qui me poussent à vous proposer cela, balayant ainsi vos derniers scrupules, si tant est que vous en ayez.
— Bien, vous m'avez l'air déterminé, je me range donc derrière votre décision. »

Je laissai mes collègues à leur perplexité, les yeux ronds, s'interrogeant sur le mystère que je mettais autour de mon offre. De retour aux commodités, je me savonnai les mains. Dans le miroir, l'air moqueur posé sur mon visage me plaisait au plus haut point. Lundi, je donnerai le chèque. Lundi, je fournirai des explications. Je pouvais aisément promettre des choses : lundi, je serai mort ! Du moins, je jouerai ma mort ! En effet, six jours plus tôt, la répétition de mon enterrement ne m'avait pas donné entière satisfaction. J'avais alors pris la décision de simuler ma mort et de jouer une farce à Walter Bonimenti, l'homme en charge d'orchestrer mon dernier acte chez les vivants.

Mourir de manière factice, à la demande, me plongeait dans un état de jubilation intense. Mes agissements ne nécessitaient désormais plus aucun calcul et n'avaient aucune conséquence. Je n'avais pas d'attaches, pas de compte à rendre, juste mon libre-arbitre à écouter. Le sentiment de toute-puissance qui m'habitait allait bientôt empiéter sur mes capacités de discernement et me faire franchir des limites dont ma moralité me tenait habituellement à très grande distance.

Chapitre 9
Seul avec une étudiante, en tout bien tout honneur

Jeudi 29 avril 2010 – 11h06 (épisode 10/24)

Je venais de donner deux heures de cours de sciences physiques. J'avais réussi à me contenir. En effet, même si mon esprit me ramenait inlassablement vers ce projet fou de mettre ma mort en scène, j'étais parvenu à rester concentré sur la leçon du jour sans laisser échapper de propos sibyllins ou de formules évasives suggérant mon imminente disparition. Puis, je cédai. Le surmoi lâcha la bride.

« Au fait, interpelai-je les élèves, je vous rappelle, même si je suppose que c'est inutile, qu'un devoir sur table vous attend demain. Mais je tiens également à vous signaler que cet abruti de Boulard vous a concocté une évaluation surprise dans la matinée : Ronsard sous toutes les coutures. Si vous pouviez bûcher le sujet et ensevelir ce gus outre-bouffi d'orgueil sous des tombereaux de connaissances et de citations bien senties, cela lui claquerait bien le nez dans sa gamelle au Père Boulard. »

Ma révélation et les termes usités firent courir un léger bruissement au-dessus de la cohorte des élèves en train de quitter la salle. Mais le raclement des chaises contre le sol en eut vite raison. Peu importe, le message était passé auprès de quelques-uns et serait rapporté aux autres. Je n'avais pas eu à canaliser mes émotions. Quel plaisir de parler sans réserve, de lâcher ces familiarités.

La salle s'était vidée. Seule, se dirigeant vers mon bureau, Marie-Amélie Belbigote rajusta ses lunettes en me regardant, l'air inquiet. De nature anxieuse, cette élève me posait toujours des questions qui m'interloquaient.

« Monsieur, puis-je vous poser une question ? bredouilla-t-elle.
— Bien sûr mademoiselle Belbigote, je vous écoute, la rassurai-je.
— Lors du devoir surveillé de demain, un exercice portera-t-il sur l'interféromètre de Michelson ? »

J'étais en sursis. Presque dans la tombe. Ce nouvel état de fait bouscula l'ordre établi et me permit d'apporter une réponse beaucoup plus spontanée qu'à l'accoutumée.

« Mademoiselle Belbigote, il existe un principe auquel je suis fortement attaché, c'est de ne pas faire aux autres ce que je n'aimerais pas que les autres me fassent. Est-il vôtre ? »

La natte brune de Marie-Amélie était restée coincée dans les froufrous de son chemisier de satin rose. Elle la replaça dans son dos et, dans le même geste, remonta ses lunettes rondes.

« Bien entendu, répondit-elle, bien entendu monsieur Buridan.
— Alors il est temps de passer à la pratique.
— Ah ?
— Bien sûr mademoiselle Belbigote ! Imaginez qu'une personne ennuyeuse vienne vous poser une question sans intérêt. Ne trouveriez-vous pas son comportement déplacé ?
— Assurément monsieur Buridan !
— Alors ! Merde ! Laissez Michelson là où il est et oubliez-moi par la même occasion.
— Ah ? Oui ... Peut-être ... Je n'avais pas vu les choses sous cet angle.
— Evidemment ! Soyez moins scolaire !
— C'est que j'ai un naturel anxieux monsieur Buridan.
— Franchement, vous êtes douée alors ayez confiance en vous. Maîtrisez-vous la leçon concernant les miroirs paraboliques ?
— Oui, lâcha Marie-Amélie dans un sourire.
— Et les trous d'Young ?
— Oui, c'est un exercice relativement basique.
— Youpi », m'esclaffai-je en me levant de ma chaise, les bras levés.

Surprise par ma réaction, Marie-Amélie que, debout sur mon estrade, je dominai d'un bon mètre, recula de trois pas.

« Pourquoi "Youpi" monsieur Buridan ?
— Vous ne comprenez donc rien si l'on ne pousse pas l'explication jusqu'au bout chère enfant ? Ce soir, en rentrant chez vous, vous revoyez vos notes sur Ronsard et ... hop ... quinze minutes plus tard, vous pouvez déboucher la bouteille de schnaps avec les dents et danser sur la table de la cuisine !
— Oh, monsieur Buridan, je ne ferais jamais une chose pareille, surtout que ces jours-ci mes parents sont absents de la maison, ils ne rentrent que demain.
— Justement ! Encore mieux ! tonnai-je en tapant du poing sur le bureau, vous êtes seule, il faut bien en profiter pour faire deux ou trois conneries. »

Je souhaitais secouer une endormie alors que je vivais moi-même en ascète depuis des années. Mais si, pour ma part, le temps m'avait assagi, il m'insupportait de savoir une jeune fille si rangée, si peu prompte à s'amuser. En m'adressant à elle, je me remémorai mes années estudiantines, les journées occupées à dormir pour compenser les excès de la nuit passée, les plafonds qui tournoient une fois les paupières baissées.

« Non, non, dit-elle en riant jaune, je préfère rester sage, mes parents ne sont pas là.
— Mademoiselle Belbigote, je prends votre insistance sur ce point comme une invitation. J'ai bien reçu le message. Vous êtes seule.
— Non, monsieur Buridan, pouffa-t-elle nerveusement, vous vous méprenez !
— Dommage ! Mais ôtez-moi d'un doute ! Et je vous prie d'avance d'accepter mes excuses si ma question vous

trouble ou vous indispose. Avez-vous déjà vu le loup ?
— Non monsieur Buridan, je suis d'une nature très craintive et les animaux sauvages m'effraient au plus haut point. »

La bêtise et l'innocence se battaient en roulant au sol. Incrédule, je décidai tout de même d'intervenir pour les séparer et leur faire quitter les lieux. J'utilisai alors des termes plus crus, des expressions imagées pour expliquer à Marie Amélie de quel pelage il était question. Elle m'écoutait, sagement, sans m'interrompre. Ses yeux s'écarquillaient et son visage s'empourprait au fur et à mesure de mes explications.

Marie-Amélie s'était affaissée, le séant posé sur la table du premier rang. Elle sembla accuser le coup mieux que je ne l'aurais pensé. Mon monologue fini, elle laissa filer dix secondes sans rompre le silence. Sa première réaction fut en dehors de tout ce que j'aurais pu imaginer.

« Tous ces emboîtements ! Tous ces torseurs ! Tous ces alésages ! En occultant le fait que vous me parliez de corps, de chair, de fluides corporels, cela ressemblait presque aux cours de dessin industriel de monsieur Beubeu.
— Vous êtes incurable ! Vous voilà déjà revenue à vos considérations scolaires !
— Monsieur Buridan, c'est que je tente de me raccrocher à ce que je connais, à ce qui constitue mon univers.
— Justement ! Tâchez d'abandonner votre nature première ! Libérez-vous de votre carcan ! Faites de nouvelles expériences !
— D'accord, dit-elle. Après la théorie ne voudriez-vous pas

que nous passions ensemble aux travaux pratiques ? Nous ferons cela chez vous, je me laisserai faire mais il faudra me mettre en confiance, installer une ambiance propice. Ce serait notre jeu secret. »

Voilà qu'elle me déstabilisait, qu'elle inversait le rapport des forces. Lundi prochain, j'aurai disparu. Dès lors, je n'avais plus rien à assumer. J'étais libre de transgresser toutes les règles, d'oublier mon éthique et d'obéir à mes pulsions. Je la jaugeai d'un coup d'œil. Marie-Amélie avait un physique commun. Elle aurait pu être la voisine de tout un chacun. Elle était mince, avait de petits seins, une longue natte, un nez fin et pointu avec les ailes légèrement relevées et une paire de lunettes rondes avec des branches couleur bronze un peu vieux-jeu, surmontées de deux sourcils épais. Elle avait un fin duvet brun au-dessus des lèvres et sa labiale supérieure ne bougeait presque pas lorsqu'elle parlait, c'était étrange. J'enchaînai alors deux mensonges en guise de réponse.

« Ecoutez mademoiselle Belbigote, vous êtes plutôt mignonne mais ma déontologie m'interdit ce genre d'incartade.
— Soit ! Suspendez là votre leçon. De mon côté, je souhaite aller plus avant. Je solliciterai chaque homme que je croiserai dans la rue, jusqu'à ce que l'un d'entre eux réponde favorablement à ma soif d'apprendre.
— Ne tentez pas de me faire culpabiliser. Même si le sujet vous échappe visiblement, vous avez quand même probablement deviné que, pour ce jeu, un badaud rencontré au hasard ne peut faire l'affaire. Il vous faut un homme que vous admirez ou dans lequel vous pouvez placer un

minimum de confiance.
— Très bien ! Vous correspondez aux deux profils, répondit-elle de but en blanc.
— Déontologie, lui opposai-je, déontologie !
— Soit ! Toujours est-il que vous m'avez ouvert les yeux sur d'infinies possibilités. Très tôt, demain matin, alors que mes parents rentreront tout juste de leur escapade, je les cueillerai en leur demandant pourquoi ils se sont tus et m'ont privée si longtemps d'une recette si miraculeuse pour atteindre la béatitude.
— Non, surtout pas ! Vous les mettriez dans l'embarras !
— Non, non, non, n'avez-vous donc pas d'autre mot à la bouche ? Que d'interdits pour un homme qui vient de me demander de briser le carcan qui m'enserre, qui s'aventure à déflorer mon âme en me présentant de manière explicite les plaisirs de la chair.
— Vous m'avez habitué à des raisonnements plus élaborés et moins hâtifs. Si je vous enjoins à faire de nouvelles expériences, je ne vous ai pas demandé d'impliquer toutes les personnes que vous êtes susceptible de rencontrer. »

Je n'avais pas prévu la suite des évènements. Marie-Amélie défit l'anneau élastique qui retenait sa natte, elle se courba, la tête vers le sol et passa ses doigts écartés dans la masse de ses cheveux afin de les libérer. Elle fit sauter les trois premiers boutons-pression de son chemisier.

« La discussion restera stérile, conclut Marie-Amélie avec tristesse, vous êtes sur le reculoir monsieur Buridan, alors me voilà contrainte de prendre les choses en main. Je vais sortir de cette pièce, ainsi, la dentelle apparente et la chevelure défaite, en sanglotant, avant de vous accuser de la plus répugnante des agressions à mon égard. »

C'est à peine si, un quart d'heure plus tôt, cette jeune fille prude savait que les êtres humains étaient sexués et voilà qu'elle me faisait chanter pour obtenir mes faveurs. La dentelle flottait légèrement, la poitrine de Marie-Amélie n'ayant rien à offrir pour la remplir. La situation devenait grotesque et les apparences jouaient contre moi.

« J'aime ce tempérament dont vous faites enfin preuve, lui dis-je, même si je trouve le procédé pour arriver à vos fins malhonnête. Reboutonnez votre chemisier, s'il vous plaît, j'ai un marché à vous proposer.
— Ah ? Et comment comptez-vous acheter mon silence ?
— Ne fanfaronnez pas tant, j'essaye de vous rendre service, de répondre à votre soif d'apprendre. Ce que nous ferons, si vous êtes d'accord, c'est que lundi … »

Je marquai un temps d'arrêt, tentant de ne pas sourire en prononçant le mot « lundi ».

« Oui ? Lundi … Que ferons-nous lundi ?
— Lundi, nous irons à l'hôtel, une chambre à la moquette épaisse, un lit à baldaquin trônant au milieu de la pièce. Nous tirerons les lourdes tentures pour plonger l'endroit dans la pénombre et j'allumerai quelques bougies. »

Les joues de Marie-Amélie rosirent.

« Ainsi, poursuivis-je, je serai absent de l'école lundi, je me ferai porter pâle et, vous concernant, je couvrirai votre absence. Et nous nous éclipserons ensemble. Cela vous

convient-il ?
— Oui », dit-elle timidement en pressant délicatement chacun de ses boutons pour refermer son chemisier.

Elle abandonnait peu à peu l'air farouche qu'elle avait posé sur son visage pour la première fois de sa vie. Elle affichait un large sourire et plissait les yeux jusqu'à les faire disparaître. Elle se dirigea vers la sortie à reculons, les yeux maintenant écarquillés.

« Merci, monsieur Buridan, merci, disait-elle en souriant béatement.
— Vous savez, mademoiselle Belbigote, je vous ai juste demandé de mettre un soupçon de fantaisie dans vos attitudes, de lâcher prise, vous n'avez pas à me remercier pour quelque chose que vous avez obtenu par le chantage.
— Merci, merci, dit-elle avant d'à peine pousser le vantail et de glisser dans l'ouverture pour quitter la pièce. »

Quand j'avais expliqué à Marie-Amélie que je me ferais porter pâle, je pense qu'elle n'imaginait pas la blancheur cadavérique de ma peau le lundi qui suivrait. En ce jour, tout prenait un tour plus facile, il suffisait de garantir à autrui que le problème serait réglé tantôt, à une date à laquelle on se savait hors d'état de rendre des comptes.

Chapitre 10
Seul avec une étudiante

Jeudi 29 avril 2010 – 13h00 (épisode 11/24)

L'épisode impromptu qui venait de se dérouler m'ouvrait des perspectives beaucoup plus réjouissantes. Je reprenais à mon compte la leçon proposée à Marie-Amélie un peu plus tôt et je décidais de mettre au rebus toutes les limites imposées par le maillage ultrafin d'une masse innombrable de codes moraux et de réflexes ancrés au plus profond de moi. Esther Bonabouche incarnait le fantasme de l'ensemble de la gente masculine de l'école. Etudiante en première année, elle était suivie en permanence par une nuée de garçons, plus ou moins balourds, principalement issus des trois promotions supérieures, qui espéraient faire jouer le tacite droit de cuissage. Coquette, toujours bien apprêtée, des cheveux noirs aux grandes boucles figées par la laque, des yeux vert clair au léger strabisme désarçonnant pour tout homme, des tenues moulantes qui mettaient en évidence son opulente poitrine et sa taille fine : telles étaient les caractéristiques physiques d'Esther Bonabouche, ce que l'on notait au premier regard.

Certaines de ses habitudes et de ses propos établissaient clairement son appartenance à un milieu aisé. Depuis ses onze ans, elle prenait régulièrement le goûter du samedi après-midi dans un salon de thé du centre-ville, elle jouait du violon et appartenait à un orchestre qui donnait des concerts, principalement lors des festivals d'été. En la croisant dans les couloirs de l'école, j'attrapais parfois des bribes de ses paroles : elle évoquait souvent ses voyages, revenait avec insistance sur sa soirée de la veille si celle-ci avait eu pour cadre une salle de spectacle intimiste ou un restaurant huppé. À tant travailler son être-perçu, elle en devenait détestable et méritait une punition. C'est cela que j'avais en tête ce jour-là à 13h00 lorsqu'elle se présenta devant moi avec deux gus, un acnéique à cheveux longs et un autre garçon qui avait une belle gueule et qui le savait. C'était un groupe de khôlle. Une khôlle, c'est une évaluation d'une heure pendant laquelle un professeur interroge, en parallèle, trois élèves, debout devant le tableau noir, sur des questions de cours ou des exercices pratiques. C'était immuable. Il y avait le moment où deux élèves traçaient un trait vertical pour couper le tableau en trois, le troisième scrutant la scène pour s'assurer que sa partie de tableau valait bien les deux autres. Il y avait le moment où l'élève gardait le nez contre le pan noir, la craie posée et immobile, maudissant le professeur et n'osant se retourner de peur de croiser son regard, préférant laisser celui-ci interroger ses deux camarades.

Je distribuai les sujets. Je demandai à mademoiselle Bonabouche de me dire tout ce qu'elle savait sur l'électrode au calomel, je tendis une corbeille à monsieur Bubon qui tira au sort un exercice où il s'agissait de déterminer les réponses impulsionnelles de quelques systèmes. Basique. A sa moue, je compris que l'énoncé lui évoquait peu de chose. Quant à monsieur Bravache, je lui demandai de couvrir sa partie de tableau avec toutes ses connaissances relatives au terme « hystérésis ». Il écarquilla les yeux, comme effrayé par l'ampleur de la tâche. Il faut croire qu'il ne savait pas par où débuter, sa craie n'inscrivant rien pendant plusieurs minutes. Bonabouche portait des talons hauts, une jupe droite grise et un haut blanc moulant qui laissait deviner les solides armatures de son soutien-gorge. En ce jour, elle avait opté pour un maquillage charbonneux. Ses yeux verts cerclés de noir étaient étincelants.

Mon regard délaissait les masses charnues du corps d'Esther Bonabouche. Et ne s'accrochait pas non plus aux artifices dont elle usait régulièrement pour attirer l'œil (maquillage appuyé, coiffure élaborée ou accessoire original). J'étais hypnotisé par la dentition de la jeune fille. La ligne de ses dents supérieures était comme tracée au diamant, parfaitement rectiligne. Lorsqu'elle s'adressait à moi, à de trop rares occasions, il m'arrivait de lui faire reprendre sa phrase car, l'attention focalisée sur ses incisives et ses canines limées, le contenu de ses propos m'échappait. Esther avait dessiné au tableau une tige trempant dans un récipient au contenu indéterminé. Ce faisant, elle m'indiquait qu'elle avait réussi à interpréter le mot « électrode ». Elle restait droite, sans oser se retourner. Bubon avait pris la mesure de son exercice. Il traçait des courbes, des sinusoïdes. Je lui demandai de ne pas coincer la fiche de papier qu'il avait tirée au sort entre ses lèvres puisqu'elle pourrait me servir à nouveau pour une autre khôlle. Il obtempéra. Bravache se tourna vers moi, les arcades tombantes, et me parla à voix basse pour éviter de gêner ses camarades.

« Hystérésis ? C'est bien de l'électronique ?
— À vous de voir, répondis-je, si vous souhaitez aborder l'aspect sociologique de l'hystérésis, je suis preneur. »

Ma répartie, audible de tous, elle, provoqua l'hilarité de Bubon et d'Esther Bonabouche. Après cette touche d'ironie, mon évocation du trigger de Schmitt provoqua un déclic chez le jeune homme dont la craie claqua bientôt sur la surface noire du tableau. Je me tournai alors vers la jeune fille qui me présenta sa poitrine lorsque je l'interpelai.

« "Hg", mademoiselle Bonabouche, cela devrait vous mettre sur la voie. Qu'avez-vous en tête si je vous dis "Hg" ? »

Elle ouvrit les lèvres sans qu'aucun son ne soit émis. Elle passa sa main sur sa nuque.

« L'argon ? tenta-t-elle, sans conviction.
— Raté ! dis-je en souriant. Au moins avons-nous évité l' « hoxygène » avec un H. Mademoiselle Bonabouche, que vous ayez concentré vos efforts de révision sur le devoir de demain, soit, c'est légitime. Que la khôlle d'aujourd'hui en ait pâti, soit, je peux l'entendre. C'est, en tout cas, une excuse à laquelle vous auriez pu vous raccrocher. Mais ignorer les symboles les plus courants de la classification périodique des éléments, c'est une lacune difficilement

justifiable. »

Esther Bonabouche planta son regard vert sur le bout de mes chaussures.

« Mendeleïev doit se retourner dans sa tombe, vous ne croyez pas ? la taquinai-je. »

L'utilisation du mot « tombe » fit remonter à mon esprit, en images fugaces, les préparatifs du simulacre de ma mort qui avaient occupés tout mon temps libre, tous les jours de la semaine, jusqu'à des heures tardives. Esther restait prostrée.

« Vous ne croyez pas ? relançai-je.
— Si ! C'est exact monsieur Buridan.
— Mais pour se retourner dans sa tombe, êtes-vous seulement sûre qu'il s'y trouve ?
— Euh . . . Oui, je pense que oui.
— Oui. Rassurez-vous mademoiselle Bonabouche, il y est depuis un siècle. »

Je me tournai vers les deux jeunes hommes, prêt à faire tomber la sentence, la note fébrilement attendue.

« "Hg", c'est le mercure » , déballa soudainement Bravache.

Esther fusilla le jeune homme du regard. Je décidai alors de me rallier à elle en vue de l'amadouer.

« Bravache ! Personne ne vous a sollicité ! Et même si ce que vous avancez est juste, la solidarité est une valeur qui doit primer dans un groupe de khôlle. L'exercice est déjà assez traumatisant pour qu'il ne soit pas nécessaire d'avoir un traître dans la bande. »

Il acquiesça. Après cette mise au point, c'était l'heure de la distribution des notes.

« Pour vos explications poussives et vos divers ânonnements, Bubon 10 et Bravache 8, votre dernier sursaut fanfaron et zélé vous coûtant deux points. »

Esther Bonabouche esquissa un sourire. J'invitai les deux jeunes hommes à quitter la salle. Pour la seconde fois de la journée, je me trouvai seul dans une pièce avec une jeune fille, situation ambigüe et source de conflits potentiels. Je pris un air grave pour entamer mon sermon.

« Mademoiselle Bonabouche, si les deux zigues qui viennent de nous quitter ont évité la noyade, votre prestation m'a fait vivre la plus longue apnée de ma vie. »

La jeune fille eut un rictus à l'évocation de cette image.

« Je suis désolée monsieur Buridan, je n'ai pas d'excuse solide à avancer.
— Je veux bien l'entendre mais, tout de même, ne vous sentez-vous pas coupable à l'égard de vos parents en songeant aux frais de scolarité substantiels qu'ils règlent chaque mois ? Un tel investissement pour entendre leur

fille ramener un 1 sur 20 ! Quelle déception ! »

Esther Bonabouche tressaillit à l'énoncé de la note.

« Ce n'est pas possible, paniqua-t-elle, il faut absolument que nous trouvions un arrangement. Ne pourrions-nous pas convenir d'une khôlle de rattrapage ?
— Malheureusement, dis-je dans un sourire, mon emploi du temps ne me le permet pas.
— Vraiment ? Ne me condamnez pas, je vous en supplie, je suis emplie de bonne volonté. Sans intention de vous flatter aucune, je serais étonnée qu'un esprit aussi éclatant et inventif que le vôtre ne parvienne pas à me faire une proposition. »

Les derniers liens qui auraient pu encore retenir en moi quelques bribes de morale se délitaient.

« J'ai bien un scénario en tête mais votre intégrité physique est à mettre dans la balance. À vous de voir. »

L'instant qui suivit, le sourire de la jeune fille, d'abord confiante quant à l'issue positive de sa requête, s'effaça. Elle reprit le gilet qu'elle avait déposé sur le dossier d'une chaise au début de la khôlle, se dirigea vers la sortie et, sans se tourner vers moi, lâcha d'un ton monocorde :

« Je vous attends aux toilettes monsieur Buridan, dans la cabine du fond. »

J'ignorais que le fait de mourir m'ouvrirait tant de portes et serait source de telles jubilations. Il me fallait oublier mes réflexes, mettre de côté mes scrupules et céder à mes pulsions.

Avant de quitter la salle de classe, je me retournai pour m'assurer que rien ne pouvait trahir ce qui était sur le point de se produire. J'avais laissé une sacoche au pied d'une table sur laquelle se trouvait la corbeille avec les sujets de khôlle et une grille reprenant les noms des élèves passés devant moi ces derniers jours. Quelqu'un qui viendrait fureter s'apercevrait juste que mademoiselle Esther Bonabouche n'avait pas encore reçu de note mais ne pourrait soupçonner qu'elle y travaillait au dit instant.

Les toilettes étaient sombres, le sol fait de carrelage noir ponctué de petits carreaux crème répartis aléatoirement. Une vitre sale au verre strié laissait filer un rai de lumière fatigué. Sur ma gauche, deux cabines étroites, ceintes de parois métalliques. Dans celle du fond, Esther Bonabouche attendait mon arrivée, sans enthousiasme. Elle était à genoux. Elle avait pris soin de déposer son gilet au sol afin de ne pas meurtrir ses jambes. Elle ne tourna pas la tête lorsque je pénétrai dans la cabine. De manière malhabile, elle dut se relever pour permettre la fermeture de la porte. Elle eut un sourire gêné en se collant contre moi. La ligne droite de ses dents m'apparut de très près, ajoutant à mon trouble. Elle s'agenouilla de nouveau et entreprit de me montrer sa conception de l'électrode au calomel. Une forte odeur de fruits rouges m'indisposait. Je crus d'abord au parfum d'un désodorisant trop agressif même si le personnel d'entretien utilisait d'ordinaire un détergent au citron synthétique qui arrachait les sinus. Mais lorsqu'Esther replaça une mèche rebelle derrière une oreille, une bouffée aux relents de mûre me sauta au visage. C'était bien une fragrance qu'elle portait. Les autres boucles de cheveux, laquées, gigotaient au rythme des mouvements de tête saccadés de la jeune fille. Puis, ce fut l'obscurité. Le temps de la minuterie avait expiré.

Je ne prenais pas de plaisir dans l'expérience que je vivais. Mon esprit vagabondait, tourné vers les préparatifs du simulacre de ma mort qui interviendrait quatre jours plus tard. Je voulais être sûr de n'oublier aucun détail. Le projet me hantait depuis la répétition de mes funérailles réalisée avec Walter Bonimenti. Depuis, j'y consacrais toute mon énergie, je mangeais sur le pouce, je dormais peu et, de fait, je parvenais difficilement, au cours de la journée, à rester concentré sur mes actes ou à tenir une discussion au long cours. Je fus tiré de mes pensées par une lame qui m'ouvrit en deux de bas en haut. La douleur, soudaine, m'arracha un glapissement aigu qui stoppa net Esther dans son élan.

« Tout va bien monsieur Buridan ? s'inquiéta-t-elle.
— Hmmm, soufflai-je entre mes dents. »

Sans réelle objection de ma part, Esther Bonabouche se remit à dodeliner du chef. Mais là où cent aiguilles s'étaient plantées, mille s'y ajoutèrent. La dentition parfaite qui me fascinait habituellement s'était muée en lame. J'eus la vision fugace d'un énorme taille-crayon dans lequel j'aurais engagé mon membre. La douleur me remonta dans la gorge et je manquai de vaciller. De la main droite je m'appuyai sur la paroi qui me faisait face. L'obscurité me faisant mal apprécier la distance à laquelle celle-ci se trouvait, je la cognai violemment. Le pan de métal résonna tel un gong. De l'autre main, je repoussai la tête d'Esther Bonabouche qui travaillait toujours à l'obtention de copeaux de chair sur ma personne. Je comprimai le siège de ma douleur. Interloquée par mes gestes brusques, Esther demeura figée quatre secondes avant de m'interroger.

« Vous êtes sûr que tout va comme vous voulez monsieur Buridan ?
— Oui, mais je pense qu'il vaut mieux en rester là.
— Pas disposé à connaître la petite mort ? »

J'eus un vertige. Alors que les préparatifs de mes funérailles me mangeaient les méninges ces derniers jours, voilà qu'une jeune femme utilisait l'expression « petite mort » pour éviter d'écorcher ses lèvres avec le mot « orgasme ». La coïncidence me troubla. J'aidai la jeune fille à se relever et nous nous assurâmes d'être présentables avant de quitter la cabine.

« Je suis désolé, lui répondis-je alors que nous regagnions la salle de classe, j'ai la tête ailleurs.
— Ce n'est rien, une baisse de régime, cela peut arriver. »

Bigre ! Elle m'offrait un fourreau des plus hostiles et me faisait porter la responsabilité du fiasco.

« Et vous me donnez combien ? » me demanda-t-elle d'un ton naturel et enjoué.

Elle souhaitait que je devine son âge. Un petit jeu de gamine.

« Vingt-et-un, dis-je sans oser la regarder et en rassemblant mes affaires.
— Vingt-et-un sur vingt ? s'étonna-t-elle. Je pense que les autres élèves s'apercevront de la supercherie et du favoritisme dont je fais l'objet. »

Elle souhaitait connaître sa note.

« Dix-neuf sur vingt. Vous perdez un point pour méconnaissance de la classification périodique des éléments. Vous conviendrez que c'est de bonne guerre ?
— Oui ! Je vous l'accorde. Et si vous voulez tout savoir, j'ai dix-sept ans et non vingt-et-un ! Quel coup de vieux je prends avec vous ! »

Nous nous quittâmes sur cette mise au point. Je me la répétai intérieurement une fois rentré chez moi tout en étalant de la pommade sur mon membre irrité. Dix-sept ans ! Dix-sept ans et toutes ses dents !

Chapitre 11
La tanière

Vendredi 30 avril 2010 (épisode 12/24)

« Buridan ! »

C'est ainsi que monsieur Bineguebou me retint alors que je m'apprêtais à rejoindre le rez-de-chaussée de l'école, libéré de mes dernières contraintes en ce lieu, l'esprit tourné vers les préparatifs de ma funeste mise en scène. Posté sur le seuil de son bureau, il me fit un geste de la main pour que je le rejoigne à l'intérieur. Il referma la porte sur nous.

« Bon sang ! poursuivit-il.
— Que se passe-t-il ? le questionnai-je.
— Je sais tout ! » m'asséna-t-il.

Le lendemain, je m'étais rendu à l'école en effectuant l'ensemble de mes gestes de manière machinale. Je fréquentais ce lieu pour la dernière fois avant la mise en scène de ma mort.

Durant la matinée, le devoir sur table de trois heures se déroula presque sans anicroche. Presque. Deux élèves eurent des attitudes inappropriées dans une salle d'examen. Marie-Amélie Belbigote était arrivée habillée d'une jupe très courte, avec les cheveux ébouriffés. Soit, rien n'interdisait cela même pour une jeune fille qui s'habillait habituellement de manière beaucoup moins provocante. En revanche, comme toujours, elle était assise au premier rang. Tandis que je déambulai entre les rangées d'élèves penchés sur leur copie, je fus abasourdi de sentir une odeur de fumée de cigarette. Sur mon passage, mademoiselle Belbigote souffla ostensiblement une bouffée d'air vicié vers le plafond.

« Veuillez stopper ce jeu stupide mademoiselle Belbigote, la sommai-je, enlevez cela de votre bouche. »

Je poursuivis ma marche vers le fond de la salle tant il me semblait évident que la fermeté du ton de ma demande avait suffi à ce que celle-ci fut suivie d'effet. Marie-Amélie avait ôté le clope de sa bouche pour mieux l'enfiler dans sa narine droite avant de se retourner vers ses camarades, provoquant l'hilarité chez la moitié d'entre eux et l'embarras pour les autres. Je me transportai en trois grandes enjambées auprès de la jeune rebelle. Lui arrachant la cigarette d'un geste brusque, je projetai involontairement au sol une trousse qui se trouvait sur la table voisine. Esther Bonabouche, propriétaire de ladite trousse, cilla à peine. Prostrée sur sa chaise, elle pleurait. Son maquillage, dégoulinant, gagnait le centre de ses joues, les larmes terminant leur course sur sa copie quasiment blanche. Je ramassai la trousse dont un seul objet avait été éjecté : un taille-crayon. L'accessoire fit jaillir dans mon esprit les images du douloureux épisode de la veille. Esther l'équarrisseuse se leva brusquement, faisant crier les pieds métalliques de sa chaise sur le carrelage usé. Un murmure parcourut la salle tandis qu'Esther sortit sans dire un mot. La malice m'avait poussé à reprendre dans le devoir sur table l'exercice portant sur l'électrode au calomel sur lequel Esther avait buté en khôlle. Sur sa copie abandonnée, elle avait reproduit le schéma incomplet réalisé à cette occasion. Esther avait peu goûté à la plaisanterie. J'ignorai si elle s'était éclipsée pour pleurnicher à l'abri des regards ou si elle m'invitait à renouveler l'expérience désastreuse de la veille. Je ne devais jamais avoir de réponse à cette interrogation. De toute façon, mon membre enrubanné s'y refusait.

Le devoir terminé, je quittai la pièce, mon paquet de copies sous le bras. C'est à ce moment que Bineguebou me harponna avant de me ramener dans son bureau.

Monsieur Bineguebou était le directeur de cette école, un poste censé faire de lui un communicant, capable de ramener des partenaires de tout ordre, financier ou industriel. Il n'en était rien. Il était misanthrope. Pas dans l'acception la plus caricaturale du terme dans le sens où il n'aimerait pas les gens, c'est plutôt qu'il souhaitait se réserver un jardin secret. Il allait peu vers les autres et se souciait à peine des projets pédagogiques portés par les professeurs de son école. L'antre du directeur était un lieu anxiogène, murs et plafond noirs, linoléum noir au sol, mobilier noir, une lampe posée sur le bureau diffusait une lumière blafarde. La principale source lumineuse de la pièce tenait dans les trois résistances orange qui chauffaient le terrarium qui abritait quatre iguanes. Peu d'informations circulaient sur Bineguebou. Il mesurait près de deux mètres, chauve, tout en os, les orbites des yeux prodigieusement enfoncées, cachant deux points brillants et surplombées de sourcils noirs et broussailleux. Une rumeur faisait état d'un arbre généalogique qui aurait planté ses racines en Transylvanie. Je ne sus jamais s'il s'agissait de la réalité ou d'une farce glaciale. Face à un homme à l'air si austère, cloîtré dans un repaire si lugubre, il me fallait m'accrocher à n'importe quel élément qui me permettrait d'établir une distance entre nos deux personnes.

Lors de nos entrevues, je m'amusais à compter le nombre de mots dans chacune de ses phrases, quitte à en négliger le sens. Fin connaisseur des pathologies et troubles en tout genre, j'avais décelé chez monsieur Bineguebou une dysphasie cycloïdale de niveau sept. Pour l'entame de chacune de ses allocutions, l'amorce de chacune de ses discussions, il n'usait que d'un seul mot. La phrase suivante en comportait deux. Celle d'après trois. Ainsi jusqu'à sept. Il réitérait ensuite l'exercice dans le sens inverse, de sept mots, jusqu'à un. Sans que cela n'ait de fin. Ce petit jeu mental me permettait d'oublier la froideur du lieu et du personnage qui se tenait face à moi.

« Je n'entends rien à vos propos. Que savez-vous ? lui demandai-je.
— Facilitez-moi la tâche ! me répondit-il.

— Si je parvenais à cerner de quoi il retourne, soyez sûr que je serais tout disposé à vous apporter mon aide.
— Hier, la demoiselle a dérapé. »

La pathologie du directeur rendrait, à coup sûr, la discussion poussive et l'obligerait à user de tournures sibyllines. Sa dernière phrase avait le mérite de m'éclairer sur le sujet de notre entrevue même si j'ignorais s'il était question de Marie-Amélie Belbigote ou d'Esther Bonabouche. Je n'eus aucune réaction mais un iguane, en tombant de sa branche, combla ce gênant silence.

« Ce matin, son père a appelé.
— Je suis perdu, balbutiai-je, le père de qui ?
— La jeune fille que vous avez souillée.
— Je suis désolé mais chaque nouvel élément que vous avancez ne fait qu'obscurcir mon esprit. Me reproche-t-on quelque chose ? Le père de cette jeune fille a-t-il émis quelque remarque sur mon enseignement ? Ma façon de transmettre mes connaissances ? Le contenu du cours lui-même ?
— Vos paroles, vos actes l'ont souillée !
— Souillée ! J'admets difficilement l'usage d'un terme si fort. Placer le curseur au niveau maximal ne laisse aucune marge en prévision d'un évènement futur qui serait plus outrageant.
— Plus outrageant ? Votre hypothèse m'inquiète !
— Ce n'est là que pure théorie, le rassurai-je.
— Passons à la pratique désormais !
— Qu'entendez-vous par là ?
— Allez chercher la fille ! »

Spontanément, j'aurais pu lui demander laquelle. J'eus la présence d'esprit d'éviter cette question qui aurait jeté davantage de trouble chez lui, puisqu'elle sous-entendait l'existence de plusieurs filles en détresse.

« Et si nous voyions cela lundi ? » proposai-je.

J'avais tenté la dérobade facile.

« Lundi ? Pas question ! rétorqua-t-il, grave.
— Discutons ensemble ! poursuivit-il.
— Tous les deux ? demandai-je.
— Non !
— Ah ? Vous souhaitez voir la jeune fille ?
— J'aimerais !
— Je viens à l'instant de sonner la fin des cours, les étudiants ont déjà filé, façon feu follet.
— La belle aubaine !
— Je ne vous autorise pas à ironiser ! Je cerne mal ce que vous souhaitez entendre, c'est tout !
— Couchez-le sur papier ! » me somma Bineguebou.

Il me tendit une feuille vierge et un feutre noir à pointe fine. J'étais disposé à m'exécuter mais j'ignorais toujours à qui je devais adresser ce message.

« Dois-je voir un caractère expiatoire dans cette demande ? ripostai-je.
— Expiatoire ? Mais pour quelle faute ? »

Bineguebou avait réponse à tout et profitait de chacune de mes maladresses.

« Je suis las, dans le flou et j'ai un paquet de copies à corriger. Franchement ! Reprenons cette discussion lundi.
— Lundi ? Je comprends difficilement votre entêtement.
— En cet instant, je manque de clairvoyance. Laissez-moi rassembler quelques forces. Laissez-moi ciseler quelques arguments et je saurai vous expliquer lundi les raisons qui m'ont poussé à agir de la sorte. Mon comportement vous semblera alors naturel. »

Bineguebou leva les sourcils pour me faire part de ses doutes.

« Vraiment, je ne souhaite pas attendre lundi », me confia-t-il.

Il marqua un temps d'arrêt et s'exclama.

« Oui ! Voilà ce que nous allons faire ! »

Disant cela il réalisa un tour sur lui-même et pointa son index vers moi. Le caractère théâtral qu'il avait donné à ce pas de danse me fit esquisser un sourire. Si tel était son plaisir, je pouvais laisser croire à Bineguebou qu'il menait les débats.

« Reprenez cette feuille et ce feutre !
— Souhaitez-vous que j'expose par écrit le déroulement des faits ?
— Livrez ce qui vous pèse.

— Et après ? Quelle est cette idée qui a provoqué chez vous cet élan enthousiaste ?
— Je lirai ceci lundi !
— Cela me convient ! J'écris maintenant mais vous lirez mes mots lundi, l'esprit apaisé, hors du tumulte qui agite peut-être actuellement votre esprit. Il me faut cependant être certain que vous ne parcourrez pas ces lignes dès que je quitterai cette pièce.
— Je le promets. »

Bineguebou se détourna alors de moi, me laissant rédiger ma note explicative. Il s'affaira quelques secondes autour de son bureau, redressant une pile de feuilles et de pochettes cartonnées qui risquait de basculer. Il ouvrit un tiroir et en tira une boîte métallique. Il s'approcha du terrarium. Dans la pénombre de la pièce, ses orbites creuses étaient noires et avaient mangé ses yeux. Je griffonnai rapidement quelques mots. Bineguebou avait ouvert sa boîte et en avait tiré un grillon desséché et une fleur d'hibiscus. Par une discrète trappe sur le dessus, il jeta les deux friandises au fond du terrarium. Il vint se rasseoir face à moi, de l'autre côté du bureau noir. Tout en rangeant la boîte dans le tiroir, il s'aperçut que je tenais une enveloppe cachetée, entre le pouce et l'index.

« Déjà fini ? s'étonna-t-il.
— Oui, tout ce qui anime mes méninges à l'instant où je vous parle est là, dans cette enveloppe !
— Tout ?
— Vous comprendrez en découvrant ma note que la vérité qu'elle contient occulte forcément toutes les autres.

— Quelle assurance ! »

Il me raccompagna jusqu'à la sortie.

« À lundi Buridan », murmura Bineguebou à mon attention, en forçant un sourire.

Il ouvrit largement sa porte pour m'inviter à quitter les lieux.

« Si je suis encore des vôtres, dis-je laconiquement.
— Humour ou odieux chantage ? m'interrogea-t-il, les sourcils au plus bas, après avoir rapidement rabattu la porte.
— Ne vous fâchez pas, je plaisante, nous nous reverrons sans faute lundi pour deviser ensemble du mot contenu dans cctte enveloppe.
— J'espère ! Rendez-vous lundi ! »

Il tira légèrement le vantail, me laissant un entrebâillement juste assez large pour que je puisse m'y glisser. Etrangement, il s'enferma à clé après avoir refermé la porte. Lorsque je fus seul ct que j'entendis le pêne de la serrure claquer, je sus que cela marquait la mise en branle de mon atypique projet. Dès lors, je ne pouvais plus faire machine arrière.

Chapitre 12
L'eau est froide

Lundi 3 mai 2010 – 08h48 (épisode 15/24)

Allister Barnabul eut un mouvement de recul après avoir mis les pieds dans l'eau. Il se retourna et posa ses mains sur ses hanches, un air de contentement sur le visage. Il se félicitait de s'être levé tôt. Il avait quitté son hôtel dans le centre de Castelldefels et parcouru les deux cents mètres qui le séparaient de la plage. Sur le chemin, il avait contourné le gigantesque cube de béton renversé qui abritait des gradins, à l'ombre de soixante-dix palmiers en rangs serrés. Et malgré le soleil jeune, il avait planté son parasol bleu sarcelle dans le sable blanc de la plage.

Machinalement, il passa sa main gauche sur sa nuque, sous les longues mèches de sa coupe mulet. Il s'avança de nouveau dans l'onde froide, bien décidé à se baigner.

Chapitre 13
Que cela reste entre nous !

Lundi 3 mai 2010 – 07h52 (épisode 13/24)

J'aimerais mourir un jour de beau temps. Aujourd'hui un soleil radieux était annoncé. Depuis un moment, j'étais à l'affût du moindre bruit extérieur. Au milieu de la nuit, devant la maison funéraire gérée par Walter Bonimenti, j'avais installé un cercueil en pin sur deux tréteaux. Je m'étais alors empressé d'abandonner dans une ruelle proche la camionnette qui m'avait permis d'amener sur place la boîte qui deviendrait bientôt l'accessoire principal de ma supercherie. Il me fallut m'incruster au plus vite dans ce décor. Je passai une chemise blanche et un costume sombre. Je me hissai dans le cercueil. Assis à l'intérieur, je réglai les derniers détails. Je punaisai une enveloppe dans le bois tendre du caisson. Je me couvris le visage et les mains d'une poudre blanche qui contenait également quelques cristaux verts et bleus qui me donneraient le teint blafard et cyanosé d'un mort. J'enroulai un foulard de soie autour de mon cou et fermai haut mon col de chemise afin de masquer les imperfections de mon maquillage et les battements de mon cœur qui gonfleraient les veines de mon cou et pourraient révéler ma farce. À deux mains, j'empoignai le couvercle du cercueil, le levai et le plaçai à plat au-dessus de moi, à bout de bras et sur la pointe de mes chaussures. J'abaissai le lourd plateau, le calai correctement sur le caisson.

J'étais dans le noir complet. Il me suffisait désormais d'attendre. Je perdis alors la notion du temps. J'étais tellement excité par mon projet qu'à aucun moment je ne sentis mes forces me quitter ou mes paupières s'alourdir. De temps à autre, j'entendais une voiture passer sur la route qui longeait la maison funéraire.

Après trois heures, du moins un temps que je perçus comme tel, un deux-roues de petite cylindrée stoppa tout près de ma couche. Quelqu'un tapota sur le cercueil de l'index comme pour demander la permission d'entrer. Mon visiteur souleva le couvercle furtivement. Il prit une bouffée d'air puant dans le nez. J'avais pris soin de broyer des os de poulet et de la viande à peine périmée. Une toute petite dose, glissée dans un ourlet de mon pantalon, suffisait à diffuser une odeur de vieille carne.

J'entendis alors le cliquetis d'un trousseau de clés. Je devinai l'ouverture d'une porte et un bref échange téléphonique. La personne qui venait d'ouvrir l'office était un apprenti : Childéric Balbussi. Au téléphone, gêné, il avait répété à plusieurs reprises qu'il ne s'agissait pas d'une plaisanterie. Il s'adressait au gérant de « La Grande Porte », Walter Bonimenti. Dix minutes plus tard, il débarqua, tout en gesticulations, ses cheveux roux coupés ras se fondant quasiment dans son visage empourpré par la rage. Il interpela Childéric Balbussi avec rudesse.

« Gamin, vociféra-t-il, qu'est-ce que tu attends ? Il faut le rentrer ! »

La volonté n'aurait pas suffi à Childéric pour amener le cercueil à l'intérieur. Ils peinèrent à le rentrer à deux.

« Tu es sûr que c'est un corps dans la boîte ?
— L'odeur ne trompe pas, monsieur Bonimenti.
— Quoi ? Tu as pu l'ouvrir ?
— Oui, il n'y a pas de scellés. C'est louche ! »

Ecartant Childéric du bras, Walter Bonimenti s'accroupit avec empressement près du cercueil et décrocha l'enveloppe d'un geste sec, faisant voler la punaise à travers l'office.

« Toutes les réponses sont là-dedans ! Pourquoi ne m'as-tu pas parlé de cette enveloppe ? tonitrua Bonimenti.
— Je ne l'avais pas vue, marmonna Childéric.
— Je ne l'avais pas vue, se moqua Bonimenti en prenant une voix exagérément aiguë. Quand je pense que je vais évaluer ton stage ici ! Il serait dans ton intérêt de sacrément te réveiller Childéric ! »

Bonimenti ouvrit nerveusement l'enveloppe. Il en tira un document que j'avais rédigé avec grand soin : une feuille simple, avec en en-tête le drapeau de la ville catalane de Castelldefels (une tour crénelée sur fond bleu et jaune), station balnéaire catalane où je me rendais régulièrement. Je m'étais appliqué pour donner au courrier factice un aspect officiel mais en prenant garde de n'indiquer aucune adresse et aucun numéro de téléphone. Le reste du texte était écrit dans un espagnol littéraire, très verbeux. J'étais volontairement resté très évasif sur les raisons précises du décès. L'accent avait été mis sur les soins déjà apportés au corps. Le but était clair : que celui qui découvre la missive se perde dans les méandres des longues phrases, ponctuées de termes techniques, et en abandonne rapidement la lecture en concluant avec facilité que le corps était prêt pour l'inhumation.

« Gamin ! Traduis-moi tout ce charabia ! ordonna Bonimenti.
— Mais je ne connais pas un mot d'espagnol, opposa Childéric Balbussi.
— Je t'en supplie, prouve-moi que tu sais faire quelque chose ! »

Childéric Balbussi décida de ne pas rétorquer et de jouer au bon petit soldat. Se basant sur les radicaux latins de certains mots et en faisant preuve d'imagination, il tenta de mener à bien la tâche confiée. Mon cercueil avait été déposé au sol, près du comptoir d'accueil. J'étais donc le témoin privilégié des échanges entre les deux hommes. Même si l'heure était plutôt aux vociférations solitaires de Walter Bonimenti.

« Ils sont gonflés les espingouins ! Ils livrent un colis ! Ni bonjour, ni merci, ni rien ! Allez ! Hop ! Débrouillez-vous ! »

Childéric, absorbé dans son travail de traduction, ne rebondit pas sur la remarque.

« Eh ! Gamin ! Tu m'écoutes ? Tu penses que c'est normal de commencer une journée de la sorte ?
— Vous avez raison. Le procédé est cavalier.
— Cavalier ! Tu parles d'un euphémisme ! Sait-on au moins de qui il s'agit ?
— Oui. J'ai presque terminé et j'ai le nom du défunt.
— Alors ?
— Anton Buridan.
— Merde ! lâcha Bonimenti.
— Qu'y a-t-il ? Qui est-ce ? interrogea Childéric Balbussi.
— C'est le guignol venu répéter son enterrement il y a une dizaine de jours.
— Au moins l'exercice est rodé. Voyons le côté positif de la chose.
— Ce n'est pas cela qui me chiffonne. Il avait évoqué une mort imminente, à mots à peine couverts.
— Il se savait malade. Voilà tout !
— Ou menacé ! L'affaire est extrêmement louche. Gamin, je te le dis, nous avons tout intérêt à ce que tout cela ne s'ébruite pas. Nous l'enterrerons demain en catimini. »

Walter Bonimenti se tut et gagna subitement l'arrière du comptoir d'accueil. Il ouvrit quelques classeurs et en sortit des pochettes en carton.

« Ah ! Voici son dossier ! s'exclama-t-il.
— Il y a tant de questions. Quelles réponses allez-vous trouver dans son dossier ?
— Aucune ! Nous avons l'obligation légale de prévenir la

femme et l'employeur du défunt. Ou au moins d'échanger quelques mots avec eux s'ils ont déjà appris la triste nouvelle. »

Bonimenti distribua les rôles.

« Je vais joindre sa femme et toi, gamin, son employeur. Et surtout tu ne divulgues rien ! Il s'agit uniquement de sonder sans éveiller les soupçons. « Avez-vous remarqué un comportement étrange chez Anton Buridan ? », « aviez-vous connaissance d'un déplacement en Espagne ? », des questions de ce genre.
— Mais tout de même, mon interlocuteur risque d'être surpris de recevoir un appel des pompes funèbres.
— Triple buse ! Brode ! Invente ! Franchement tu m'inquiètes ! Tu es un préposé du tribunal de commerce. Tu es un enquêteur de moralité d'une loge maçonnique. Tu es son biographe en panne d'inspiration. J'ai une idée nouvelle à la seconde. Tâche d'en faire autant.
— J'ai compris », assura Childéric en levant le pouce.

À l'abri dans mon cercueil, je souriais largement, les yeux plissés, prenant garde de ne pas lâcher un rire sonore. En remplissant la demande de renseignements de « La Grande Porte », j'avais trouvé certaines questions intrusives ou trop susceptibles de connaître des réponses différentes au cours d'une vie. Ainsi, par anticonformisme et par jeu, j'avais indiqué le nom de la société de services informatiques dans laquelle je travaillais dix ans plus tôt comme étant mon employeur actuel. J'avais aussi inscrit les coordonnées de Candice dans le cadre « Conjoint(e) ».

Childéric Balbussi se mit à l'écart, s'enfermant dans un minuscule bureau en désordre. Il prit une grande inspiration et souffla trois fois avant de composer le numéro. C'est Sophie Bihapi qui lui répondit, une secrétaire joviale et dévouée qui adorait la Corse et son chat siamois Balthazar. Nos discussions ne duraient pas des heures. Elle appréciait mon sens du service, j'admirais sa spontanéité et son immuable bonne humeur. Même dix ans plus tard, elle se souviendrait assurément de moi.

« Bonjour, je m'appelle Gabriel Bièrenfu, je suis gérant d'un bar-discothèque à Bordeaux, marqua la première improvisation de Childéric au cours de cet échange téléphonique.

— Bonjour, Sophie Bihapi, société ABC, A Blue Chameleon. En quoi puis-je vous être utile ?

— J'ai trouvé dans mon établissement un pardessus beige, intérieur en peau de pêche, couture surpiquée, ceinture à la taille avec boucle en onyx, un très bel habit...

— Oui et ?

— J'y viens ! Dans une poche, j'ai découvert un portefeuille contenant une carte de visite de votre société au nom d'Anton Buridan. Connaissez-vous cet homme ?

— Oui, je le connais, répondit Sophie Bihapi qui s'était instantanément souvenu de moi.

— Votre société envoie-t-elle des consultants sur des missions en Espagne ? questionna Childéric sans transition aucune.

— Non, nous travaillons presque exclusivement en région toulousaine, parfois Bordeaux et quelques experts se déplacent ponctuellement à Paris ou Hambourg sur les sujets les plus pointus. Pourquoi cette question ?

— Tout porte à croire qu'Anton Buridan s'est rendu en Espagne ce samedi, livra Childéric sur un ton mystérieux.
— Ah oui ? Quel élément vous permet de l'affirmer ? s'amusa-t-elle face à cet enquêteur de bas étage.
— J'ai trouvé dans la poche de son pardessus un ticket d'entrée pour l'aquarium de Barcelone.
— Intéressant ! Vous semblez donc être dans le vrai !
— En date de samedi dernier.
— Ah oui ? Le premier mai n'est pas férié en Espagne ? »

Une onde chaude parcourut le corps de Childéric du cœur aux méninges. Il laissa filer deux secondes et retrouva un peu de consistance.

« Il faut croire que non, j'ai le billet entre les mains.
— Initialement, quelle était la raison de votre appel ? Vous souhaitez rendre ses effets à Anton Buridan non ?
— Même pas ! J'avais juste l'ardent désir d'en connaître davantage sur cet homme... Mon amour des situations romanesques je suppose. »

Childéric s'amusait à ouvrir différentes pistes, tâche facile car il n'avait pas encore eu à travailler à les faire se recouper.

« Bien ! En revanche, j'ai le regret de vous informer qu'Anton Buridan nous a quittés, lâcha Sophie Bihapi.
— Quel soulagement ! souffla Childéric. Si vous saviez ! Que vous soyez déjà dans la confidence de sa mort m'ôte un énorme poids de la poitrine. Je ne savais comment vous l'annoncer. »

Sophie Bihapi marqua un temps d'arrêt. Apprendre le décès d'un homme, fût-ce celui d'un ancien collaborateur avec qui tout contact est rompu, n'est jamais chose agréable et facile à appréhender, laissant le champ ouvert à une réaction malhabile.

« Je n'en savais rien. Je suis troublée par la nouvelle et terriblement étonnée qu'elle me soit portée par un loufiat bordelais.
— Gérant de bar-discothèque, rectifia Childéric.
— Peu importe ! claqua Sophie qui voulait désormais écourter l'échange. J'ai votre numéro de téléphone qui s'affiche sur le cadran de mon appareil. Je ne manquerai pas de diriger vers vous tous ses anciens collègues en quête d'informations supplémentaires. »

À ces mots, l'apprenti raccrocha violemment le combiné. Pour synthétiser, Childéric Balbussi avait bien merdé.

De son côté, Walter Bonimenti joignait Candice depuis le pupitre de l'accueil de l'agence. Ce qui me permit d'être témoin de la discussion même si je ne pouvais partager les répliques de mon ancienne compagne.

« Bonjour madame, Gaëtan Bétablocan, psychologue sur l'Avenue Foch, à Paris. »

Candice se demanda qui pouvait faire tant d'esbroufe en se présentant tandis que Walter Bonimenti considérait comme une première banderille dans son dos la mauvaise sonorité de son nom, inventé en une seconde.

« Bonjour, êtes-vous certain de ne pas faire erreur ?
— Malheureusement non ! Vous êtes bien Candice ?
— Tout à fait ! Quel est l'objet de votre appel ?
— Je viens vous faire part d'une tranche de vie des plus indues. Hier, dimanche, je rentrais en train d'un colloque à Barcelone. J'étais dans un compartiment fermé en compagnie d'un homme courtois et affable, très raffiné. Nous devisions de diverses choses. Mais dès lors qu'il fut question de votre couple, alors que nous quittions la gare de Perpignan, son humeur changea du tout au tout. Et il parla de vous en usant de termes très peu châtiés. Sans vous connaître, j'étais tenté de prendre votre défense. Il se levait, faisait de grands gestes, le flot de ses paroles s'emballait tant qu'il en venait à bafouiller. Il était à coup sûr dans l'exagération alors qu'il dressait votre portrait. J'étais à deux doigts de lui prescrire un calmant. »

Troublée par les révélations de cet inconnu, Candice dévia inconsciemment la conversation de son sujet principal.

« Ah ? J'ignorais qu'un psychologue avait l'autorisation de prescrire quoi que ce soit.
— Bien sûr que oui ! Et je n'ai pas prescrit, j'ai dit « j'étais à deux doigts de prescrire », nuance !
— Soit ! Mais je suis tout de même étonnée que mon conjoint ait pu donner un tel spectacle. Notre couple est un modèle d'entente et de dialogue. Nous n'avons aucun secret l'un pour l'autre.
— Savez-vous, par exemple, qu'il se trouvait en Espagne le week-end dernier ?
— Non, je l'ignorais mais le poste qu'il occupe l'oblige à beaucoup de discrétion et de réserve. Il travaille dans les

domaines militaire et financier, ce qui l'amène à effectuer de nombreux déplacements dont il ne m'informe pas toujours. »

Bonimenti avala l'argument. Il savait pertinemment que je travaillais dans les services informatiques mais se dit que, s'agissant d'une fonction transverse de l'entreprise, il était fort probable que l'informatique trouve des recoupements dans d'autres domaines, notamment militaire ou financier. Il porta alors un regard inquiet vers la porte derrière laquelle s'était caché Childéric Balbussi, se demandant de quelle maladresse celui-ci pouvait se rendre coupable si Anton Buridan se trouvait réellement être un puissant de l'ombre.

« Je comprends, consentit Bonimenti.
— Comment êtes-vous certain qu'il s'agit bien de mon conjoint ?
— Il a décliné son identité lorsque nous avons engagé la conversation : Anton Buridan. Puis, plus tard, avec véhémence, en déballant toute sa rancœur, il vous a nommée. »

Candice fut choquée en entendant le nom d'un homme qu'elle avait abandonné dix ans plus tôt. Depuis sa fuite, elle l'avait aperçu une seule fois, dans les rues de Toulouse. À cette occasion, elle avait pris soin de l'éviter. Cinq mois après cette rupture unilatérale, abandonnant son poste d'enseignante, elle avait suivi son nouveau compagnon, Alan Bernafon, au gré des déplacements professionnels de celui-ci. Elle fut tellement interloquée qu'elle ne songea pas à rétablir la vérité quant à l'identité de son conjoint.

La tristesse l'accabla en apprenant qu'il pouvait encore être ravagé par leur rupture, que sa névrose pouvait, dix ans plus tard, aboutir à de tels délires en place publique.

« C'est curieux, s'étonna Candice, il est habituellement froid et peu prompt à se laisser aller à de tels débordements.
— Ça, pour être froid... ironisa Bonimenti, oubliant la rigueur nécessaire à l'exercice d'improvisation dans lequel il s'était lancé.
— Comment ça ? Vous me disiez avoir rencontré un homme courtois et affable.
— Oui et je ne retire rien. Anton Buridan était un homme visiblement lunatique. »

Candice souhaitait prendre congé de ce psychologue sorti de nulle part pour évoquer avec elle les déviances d'un homme sorti de son quotidien depuis une décennie.

« Monsieur Bétablocan, je vais être sincère avec vous. Pour ma part, Anton Buridan, aujourd'hui, c'est du passé. Il avait su me séduire, il m'avait ouvert les portes de domaines dans lesquels j'étais totalement novice mais il m'avait également piégée dans son monde d'anxiété permanente, de quasi-paranoïa. Me retrouver seule n'avait pas été simple. Le poids de la culpabilité avait longtemps remplacé celui du joug que je portais en compagnie de cet homme. Je vous le répète, Anton Buridan c'est du passé. Il est rangé dans une boîte et j'aimerais que vous ne l'en fassiez pas sortir tel un diable à ressort. »

Walter Bonimenti mit les termes crus utilisés par Candice sur le compte des relations conflictuelles qu'entretenait probablement le couple malgré ce qu'elle avait pu prétendre à l'entame de la discussion.

« Me voilà plus à mon aise. Je craignais d'être celui qui vous porterait la mauvaise nouvelle. À vous entendre, le décès d'Anton Buridan ne vous affecte pas outre mesure. Après tout, chacun vit le deuil à sa façon. »

Le cœur de Candice gonfla jusqu'à envahir son corps entier. La seconde suivante, il reprit sa place originelle. Une chaleur lui remonta le long de la nuque et s'étala sur ses tempes. Un pan de sa vie de femme venait d'être plongé dans l'obscurité.

« Ce n'est rien, c'est du passé, dit lentement Candice, l'air hagard, en se parlant davantage à elle-même qu'elle ne s'adressait à son interlocuteur.
— Sacrément passé même à entendre toutes vos phrases au passé composé : « il avait su me séduire », « me retrouver seule n'avait pas été simple ». Comme s'il était décédé il y a plusieurs années alors que sa mort remonte à vendredi ou samedi. »

Les inepties de Walter Bonimenti sortirent Candice de sa torpeur.

« Il s'agit de plus-que-parfait, rectifia l'ancienne enseignante, mais il semblerait que vous rencontriez d'autres difficultés dans le découpage et le séquençage du temps. Je m'étonne que vous ayez pu rencontrer dans le train

dimanche un homme mort dans les quarante-huit heures qui ont précédé.
— Madame, j'entends votre détresse, je comprends que vous vous raccrochiez à ce genre de détail.
— Taisez-vous ! coupa Candice. Vos propos me saoulent. Vous m'apprenez la mort de mon ex-mari et vous brodez ensuite avec des fariboles avec un but qui m'échappe. J'ai pris bonne note de votre numéro de téléphone et je n'hésiterai pas à le diffuser à toute personne désireuse de connaître la date et le lieu des funérailles. »

Walter Bonimenti ne dit mot et reposa le combiné, le visage décomposé. Il était entré sur des terres vaseuses et s'y était enfoncé jusqu'à l'encolure.

Childéric vint se poster derrière Bonimenti. Celui-ci se comporta comme un enfant pris en faute. Il se leva de sa chaise, lança un regard fugace avec les yeux écarquillés, un sourire niais sur les lèvres. Il se rassit aussitôt.

« Ton appel s'est-il avéré fructueux gamin ? questionna Walter Bonimenti.
— Non, je n'ai rien appris.
— C'est mieux ainsi.
— Chez l'employeur, personne ne semblait avoir été averti du décès d'Anton Buridan.
— Excellent ! Sa femme l'ignorait également. Mais il nous faut être d'une discrétion absolue. J'ai appris que Buridan était un grand ponte des services secrets, une sorte d'éminence grise. Ebruiter sa disparition, c'est entrer maladroitement dans des cercles d'influence auxquels des quidams comme nous n'entendent rien.

— Serions-nous en danger ? » demanda Childéric.

Walter Bonimenti s'approcha de mon cercueil et toqua sur le couvercle.

« Si quelqu'un apprend que nous avons reçu ce colis, ce sont nos vies que nous placerions dans la balance. »

Childéric blêmit. Bonimenti avait lâché cette mise en garde d'un ton solennel, les deux mains, doigts écartés, posées sur la poitrine. S'imaginant être le seul à avoir divulgué l'information, Walter Bonimenti avait choisi d'effrayer le jeune homme afin que tous deux partagent la pression née de la menace d'éventuelles représailles. Pour Childéric, il n'était nulle question de partage puisqu'il présumait être le seul à avoir gaffé au téléphone. Il contourna le comptoir et s'affaissa sur mon cercueil, les fesses au-dessus de mon nez, la mine défaite. Bonimenti vint près de lui et lui posa la main sur l'épaule.

« À la vie, la mort ! Ce macchabée c'est notre secret ! Nous l'inhumerons cette nuit, sans témoin et plus jamais à l'avenir nous ne devrons évoquer son nom.
— Ce sera si simple ? demanda Childéric en redressant la tête.
— Oui ! Le caveau 109 a été vidé et curé ce matin.
— 109, c'est drôle ! » l'interrompit le stagiaire.

Walter le regarda, interdit.

« 109 ... Sang neuf, expliqua Childéric.
— J'ai bien compris ! Mais c'est nul et malvenu. Je

reprends. Le caveau 109 a été nettoyé ce matin. Nous le casons dedans discrètement cette nuit et nous modifions le registre. Ni vu ni connu ! Aucune trace !
— Et le contrat ?
— Nul et non avenu le contrat ! À l'instant où ce malotru d'espingouin a déplié le premier tréteau sur lequel il a déposé ce cercueil.
— Pas de Divco ?
— Il n'est pas prêt ! Le gus sur lequel tu as posé tes fesses a demandé à ce que les ailes soient repeintes.
— Pas de billes pour faire glisser le cercueil ?
— Non ! Nous le porterons, le traînerons si nécessaire et le jetterons au fond du caveau.
— Pas de fleurs sur son dernier trajet ?
— Aucun intérêt pour un enterrement nocturne !
— Pour l'ambiance musicale, j'avais songé à l'Adagio d'Albinoni. J'ai toujours trouvé cet air poignant.
— Triple buse ! De la musique ? En pleine nuit ? Souhaiterais-tu aussi que je convie des cracheurs de feu et que les habitants du quartier dansent la farandole autour du caveau ? »

La remontrance calma l'enthousiasme du stagiaire qui baissa la tête.

« Allez ! l'encouragea Bonimenti, retourne l'écriteau et ferme la porte à clé. Fermons l'office et préparons le corps.
— C'est inutile ! C'est déjà fait ! Le courrier qui accompagnait le corps précisait que celui-ci était prêt à être inhumé, détaillant même les opérations effectuées par le thanatopracteur. »

J'avais en effet livré un maximum d'informations aux deux hommes pour leur couper l'envie de jouer du scalpel, pour éviter toute injection formolée qui s'avèrerait létale ou pour qu'ils ne me badigeonnent pas le visage d'un onguent quelconque qui aurait révélé la supercherie en éliminant la couche de poudre blanche collée sur ma peau.

« Alors mettons-le au frais et oublions-le jusqu'à cette nuit. »

Il s'agissait d'un moment critique du scénario que j'avais échafaudé. Les deux hommes s'apprêtaient à ouvrir mon cercueil et à transporter mon corps jusqu'à un réfrigérateur mortuaire. Dès lors, il me fallait incarner à la perfection mon personnage. Que les deux compères n'aient aucun doute sur la raideur cadavérique de mon corps ! J'entendis bien leurs doigts courir sur le bois de mon cercueil mais mon lourd plafond resta immobile. On approcha une machine bringuebalante. Après quelques secondes de cheminement et deux passages de porte difficiles, je compris que ma dernière couche avait été déposée sur un chariot à roulettes. Au bout d'une longue ligne droite, on stoppa. J'entendis un loquet tomber et des gonds grincer.

« Là, dépose-le à droite, intima Bonimenti, peu importe s'il est mal rangé… Cette nuit, pfffuit… Bon débarras ! »

Mon cercueil fut alors déposé au sol, sans ménagement. À ma grande surprise, Walter et Childéric refermèrent la porte. Aucun mot ne fut prononcé. Personne ne tenta d'ouvrir mon cercueil. Le loquet claqua. Je ne compris pas immédiatement quel sort m'avait été réservé.

Chapitre 14
La chambre froide

Lundi 3 mai 2010 – 08h43 (épisode 14/24)

Quelques minutes après avoir été abandonné dans cette pièce, je sentis des langues d'air glacial glisser sur mon visage et entre mes doigts. Cette froideur me permettait de rester sur le qui-vive. Sans elle, la fatigue et un léger engourdissement de mes membres m'auraient probablement plongé dans une semi-conscience peu encline à garder mon esprit alerte.

Intérieurement, je passai en revue les différents types de systèmes réfrigérés que j'avais étudiés ces derniers jours. J'en conclus que j'avais été placé dans une chambre froide, un dispositif habituellement mis en place dans les pays scandinaves. Les cercueils sont entreposés dans une pièce réfrigérée. Conserver les corps en bière demandait plus d'espace que les traditionnels réfrigérateurs mais évitait aux employés des pompes funèbres de manipuler les cadavres pour les ranger, tantôt dans des casiers en inox, tantôt dans des cercueils. Les coffres de bois sont empilés et rangés selon des critères de tri drastiques : une pile par date d'inhumation, le cercueil placé le plus haut étant celui qui sortirait le premier. Le mien avait été placé à même le sol, sans tenir compte de cette logique. J'étais devenu un paquet encombrant, celui dont il fallait se débarrasser au plus vite.

J'étais épuisé. Dans mon lit, je n'étais pas parvenu à trouver le sommeil durant les premières heures de la nuit. Ensuite, dès lors que ma mise en scène avait débuté, l'excitation née d'une telle entreprise avait chassé toute trace de fatigue.

La tension était désormais retombée. L'effet des gélules que j'avais avalées pour atténuer mon anxiété, tôt ce matin après avoir refermé le cercueil sur moi, se dissipait. J'étais libéré de tout carcan chimique. Ce relâchement et la quiétude du lieu invitaient à la sieste. Je redoutais le moment où je ne serai plus en mesure de lutter contre le sommeil. Sans que je ne puisse vraiment me l'expliquer. Probablement la peur que les deux zigues ne profitent de mon assoupissement pour clouer mon cercueil et l'inhumer à la hâte sans que je n'aie le temps de réagir. Etrangement, j'avais chaud. J'avais consacré des heures à me documenter sur les réfrigérateurs mortuaires et à rassembler des moyens de me protéger des morsures du froid polaire qui y régnait. En conséquence, je m'étais enrubanné la quasi-totalité du corps après m'être oint d'une crème chauffante. J'avais également placé dans mes poches intérieures ainsi que dans la doublure de ma veste de costume divers articles dont j'aurais potentiellement besoin : un tube de solution chauffante, un drap de soie, des calmants plus ou moins dosés, des berlingots d'eau douce, des fioles pour uriner, des aspirines, un canif, une lampe torche minuscule, quelques barres de céréales, une étole fine et chaude, une paire de gants. En considérant tout cet attirail dont j'avais fourré ma veste, je ressentis un léger désappointement devant le confort relatif que mes hôtes m'offraient en me laissant dans mon cercueil. Je songeai furtivement à entrouvrir mon caisson afin que l'air glacé y pénètre. Je me ravisai aussitôt, imaginant le ridicule de la situation si Walter ou Childéric venaient à me trouver endormi, un sourire de bébé sur les lèvres. Je finis par tomber de sommeil.

Dans l'office, Walter Bonimenti et Childéric Balbussi cherchaient à se persuader mutuellement que mon inhumation, dans la nuit qui suivrait, serait une simple formalité. Walter remplissait un formulaire qui étendait la propriété du caveau 109 pour les quatre-vingt-dix-neuf ans à venir bien que toutes les lignées de la famille inscrite sur le fronton se soient éteintes depuis longtemps. De son côté, Childéric s'activait dans la remise afin de dénicher tout le matériel nécessaire à l'inhumation clandestine de la nuit à venir : sangles de cuir, pelles et projecteurs.

« Monsieur Bonimenti, préférez-vous que nous disposions de lampes fixées sur des casques ou posées sur des trépieds ? demanda Childéric, tout en zèle.
— Peu importe, rétorqua Walter, j'aimerais juste que tu chasses l'enquiquineur qui colle son nez à la porte d'entrée. »

Childéric se pressa de rejoindre l'importun et ouvrit le vantail vitré.

« L'office est fermé aujourd'hui monsieur, annonça Childéric.
— On m'a dit que mon arrière-grand-mère se trouvait ici, expliqua le jeune homme.
— Cela m'étonnerait, vous êtes la première personne à nous rendre visite ce matin.
— Je me suis peut-être mal fait comprendre, elle ne se déplace plus seule et a passé la nuit ici. Elle est décédée.
— À la bonne heure ! Elle ne fuguera pas alors ! Repassez demain ! »

Le quidam, interdit, ne riposta pas et laissa la porte se refermer sur lui.

« Allez gamin, viens par ici, somma Walter Bonimenti. Il nous faut éviter ce genre de distraction, notre opération de cette nuit ne souffrira aucune approximation. »

Le téléphone sonna. Walter attrapa énergiquement le combiné, avec la ferme intention de se débarrasser très vite de celui ou celle qui s'était risqué à composer le numéro de l'office.

« Oui ? » entama-t-il la conversation, énervé.

Il se calma subitement, attentif aux paroles de son interlocuteur. Il se tourna vers Childéric, les yeux exorbités.

« Anton Buridan ? » questionna Walter.

Childéric Balbussi tressaillit. Il savait que ce moment viendrait. Il lui semblait inéluctable que sa révélation malencontreuse, qui avait suivi son pâle numéro d'improvisation, ne soit mise au jour.

« Bien entendu, poursuivit Walter, je vous informe dès que j'en sais davantage. »

Et il raccrocha, dépité. Pour Walter, il paraissait évident que cet appel avait pour origine sa bévue matinale qui l'avait amené à dévoiler sans ambages la mort d'Anton Buridan à l'ex-compagne de celui-ci.

Aussi, puisque les deux hommes préféraient taire le sujet, personne ne s'étonna à voix haute qu'un tiers évoque le nom d'Anton Buridan. Intérieurement, chacun s'interrogea néanmoins sur le fait que l'autre ne manifeste pas plus bruyamment son étonnement.

« C'était une jeune fille. Elle souhaitait savoir si le corps d'Anton Buridan serait exposé », expliqua Walter.

Childéric ne tiqua toujours pas sur le caractère singulier de cet appel.

« Que faisons-nous ? demanda le stagiaire. Laissons-nous cette jeunette fausser tous nos plans ou tentons-nous de la rouler dans la farine ? »

Le téléphone sonna. Et sonna encore et encore. À la fin de la journée, trente-quatre personnes, hommes ou femmes, de tous âges, de tous milieux, avaient sollicité Walter Bonimenti afin de savoir où et quand aurait lieu la cérémonie d'adieu au défunt. Au fil des appels, il fut contraint d'être de plus en plus précis et franc. Au huitième, reçu d'un vieil homme, plus vindicatif que les interlocuteurs précédents, il concéda enfin que le corps d'Anton Buridan serait exposé au salon funéraire le lendemain matin, mardi 4 mai 2010, à partir de 9h00. Tandis qu'il gérait les demandes suivantes, Walter avait missionné Childéric afin que celui-ci contacte les sept premiers appelants qui n'avaient pour l'heure reçu que des réponses évasives et la promesse d'informations ultérieures qui n'était que mensonge lorsqu'elle avait été faite.

De mon côté, j'ouvrai lentement les yeux. L'esprit brumeux, trois ou quatre secondes me furent nécessaires pour que je me situe à nouveau, aucun rai de lumière ne me permettant d'accrocher un objet du regard et ainsi appréhender mon environnement. L'instant d'après, j'avais rejoué dans mon esprit la scène nocturne lors de laquelle je m'étais glissé dans cette caisse. Je lançai un regard à ma montre aux aiguilles phosphorescentes : 18h11. Si les heures de sommeil s'étaient avérées réparatrices, mon immobilisme avait engourdi mes fesses. La douleur diffuse descendait le long de mes cuisses. Je regrettai que le matelassage du fond de mon cercueil soit si peu épais. Je tentai de m'incliner légèrement, m'appuyant tantôt sur le flanc gauche, tantôt sur le flanc droit. L'effet fut quasi immédiat.

Le petit-déjeuner, avalé la nuit précédente, quoique substantiel, me paraissait lointain. Je tirai une barre de céréales de la poche intérieure de ma veste. Je les avais enroulées dans des carrés de tissu pour éviter tout bruit lors de leurs déballages. Je mangeai, en mastiquant et en déglutissant le moins bruyamment possible. Je rangeai ensuite mes mains sous mes cuisses, paumes plaquées sur le fond du cercueil. Je voulais m'assurer que mes doigts ne s'engourdissent pas même si dans l'espace confiné dans lequel je me trouvais, l'air avait plutôt tendance à s'adoucir. Je craignais même que la moiteur ambiante ne fasse glisser mon maquillage.

Puis je partis en promenade intérieure, dans mes pensées, de digression en digression, m'arrêtant parfois pour considérer quelle chance cela représentait de disposer d'un intellect, m'affolant aussi devant la puissance de l'esprit humain. Je souriais en tentant d'imaginer les représentations qui pourraient être faites de l'expression « Tuer le temps ». Même s'il me semblait qu'en termes de fléau mortel le temps se posait bien là. Omnes vulnerant ultima necat. Je me remémorai cette locution latine dédiée aux heures qui passent. Elles blessent toutes, la dernière tue.

Il me fallait trouver une occupation. J'avais besoin d'une routine à laquelle raccrocher mon esprit durant les longues heures de cette mascarade. Je souhaitais plus que tout éviter de ressasser des idées noires, de songer aux corps exsangues entreposés tout près de moi. J'avais également besoin de rester éveillé autant que possible pour rester prompt à réagir si quelqu'un venait à clouer le couvercle de mon caisson ou si, après m'avoir transporté sans cahot vers une fosse de cimetière, on se mettait à recouvrir mon cercueil de pelletées de terre. Soudain, je me redressai, pris de panique. Posé sur mes coudes, je stoppai mon mouvement juste à temps pour ne pas me cogner le front contre le plafond bas au-dessus de ma couche. Je venais de me rendre compte d'un oubli de taille. J'avais mis tant d'ardeur à préparer ma captivité volontaire dans un milieu réfrigéré qu'à aucun moment je n'avais songé au clap de fin, à l'instant où je sortirai de ce funeste rôle. Lorsque les employés des pompes funèbres viendraient sortir mon cercueil de cette pièce ? Lors de la marche vers le cimetière ? Juste avant la mise en terre ? Je devais aussi prévoir la façon dont j'allais procéder pour signaler mon retour d'entre les morts. L'objet premier de ma mise en scène était de m'assurer du respect des termes du contrat qui me liait à « La Grande Porte » et non d'effrayer qui que ce soit en bondissant de ma boîte en vociférant. Ces pensées m'accompagnèrent une partie de la nuit sans que je ne parvienne à me décider quant au moment opportun pour quitter mon rôle.

Chapitre 15
Un contrat mal ficelé

Lundi 3 mai 2010 – 15h22 (épisode 16/24)

« Il a fallu que ce crétin se tue maintenant ! » s'emporta un homme que j'avais rencontré une fois dans ma vie.

J'étais bien le crétin en question. L'homme qui manifestait bruyamment son courroux s'appelait William Boquet. Il avait consacré beaucoup de temps et d'énergie à mettre sur pied un rendez-vous auquel je serai assurément absent. D'où sa colère.

Après les interventions désastreuses de Walter Bonimenti et Childéric Balbussi, auprès de A Blue Chameleon et de Candice, le bruit de ma mort courut rapidement dans toute la ville, des clubs de dirigeants aux édiles de toute l'agglomération toulousaine, des cercles associatifs aux organes de la presse locale. La rumeur s'était propagée, par marcottage, pour finalement échouer sur le bureau de

William Boquet.

En face de lui se tenait un jeune homme chétif, au pull bleu marine bouloché, qui se rasait souvent en espérant à chaque fois que le poil repousserait plus dru. En vain. La barbe restait rare et ne cachait pas les traits juvéniles de son visage. Mais derrière cette allure peu soignée se cachait un esprit vif, un homme érudit et rigoureux : Stanley Bramanthombe. William Boquet avait déjà été ébloui à de nombreuses reprises par la rapidité d'analyse et l'esprit méthodique de Stanley. Malheureusement pour lui, en cas de défaillance, l'indulgence est réservée aux personnes pour qui échouer est une habitude, pas à ceux qui collectionnent les succès à force de travail et de persévérance et qui se trompent occasionnellement. Stanley Bramanthombe allait l'apprendre à ses dépens. Il avait commis une faute. Muet, il restait stoïque, prêt à encaisser les salves de reproches qui s'abattraient d'ici peu sur lui.

« Bramanthombe, je suis déçu ! lâcha William Boquet. L'an dernier, lorsque j'ai monté ma société, je vous ai fait confiance. Je vous avais alors chargé de gérer les aspects législatifs, juridiques et comptables, pour l'ensemble du groupe, tâche dont vous vous êtes très bien acquitté jusqu'au manquement inouï qui nous a sauté au visage aujourd'hui. »

William Boquet, reprenant un modèle existant aux États-Unis, avait créé quinze mois plus tôt « Bill'Boquet », une société spécialisée dans le self-kidnapping. Il avait ouvert différentes succursales à travers la France, implantant la maison-mère à Toulouse. Bill'Boquet n'avait qu'un seul service à proposer : il s'agissait de permettre à des hommes et des femmes en mal d'adrénaline, de s'offrir, contre une somme substantielle, un moment inoubliable en commanditant leur propre enlèvement. « Bill'Boquet. Votre vie ne tient plus qu'à un fil » disait le slogan. Stanley Bramanthombe avait géré les démarches avec le tribunal de commerce, les journaux d'annonces légales, les cabinets de comptabilité et les organismes sociaux. Il avait également rédigé les contrats-types à l'attention des candidats au kidnapping.

« Tu n'avais rien remarqué ? demanda, dubitatif, William Boquet. Franchement, est-ce bien sérieux ? Le contrat promet au signataire d'être enlevé dans l'année qui suit et aucune clause ne prévoit le cas du décès de celui-ci ! Ou encore, que se passe-t-il en cas d'incapacité physique de kidnapper l'intéressé ? S'il est en prison, bloqué pour vingt ans ? S'il est astronaute, en train de tourner au-dessus de nos têtes ?
— Vous voulez savoir si j'avais noté cette anomalie avant que la situation de monsieur Buridan ne la mette en évidence pour la première fois aujourd'hui ? »

William Boquet tapa du poing sur son bureau, renversant au sol un pot de crayons bien garni.

« Oh ! tonitrua-t-il, tu m'épargneras tes mots d'esprit ! Ta bourde nous fiche dans une drôle de situation, une situation bien merdeuse même ! »

Stanley Bramanthombe avala une boule invisible et s'accroupit pour ramasser les objets éparpillés sur le parquet. Sans mot dire.

« Il nous faut décider rapidement ! Que faisons-nous ? » poursuivit Boquet d'un ton soudainement apaisé, se passant les doigts dans ses cheveux mi-longs.

Bramanthombe se releva, sourire aux lèvres.

« Que faisons-nous ? répéta-t-il. C'est tout simple. Ce qui est prévu dans le contrat : le kidnapper.
— Il est mort ! crut bon de rappeler Boquet.
— Et alors ? Rien ne stipule dans le contrat que la personne enlevée doit être vivante. Rien ne l'indique non plus dans les définitions des mots « rapt » ou « kidnapping ».
— Ce n'est pas faux.
— Que dois-je comprendre ?
— Cela signifie que c'est vrai. »

Le glabre Stanley se mordit la lèvre supérieure, n'ayant pas réussi à interpréter la réponse de William Boquet. Ce dernier reprit la parole.

« C'est limpide ! Demain le corps d'Anton Buridan sera exposé avant d'être inhumé. Boule et Brindille seront présents, incognito. Et dès le premier moment de flottement … crac … ils embarquent le corps et le contrat est respecté ! »
Stanley Bramanthombe se réjouit de constater le regain d'enthousiasme de son supérieur. William Boquet se redressa, libérant le dossier de son siège, et pressa sur le bouton rouge de son téléphone. Il demanda à ses deux hommes de main, Boule et Brindille, de se présenter

sur-le-champ dans son bureau pour qu'il leur présente la marche à suivre le lendemain.

Stanley s'éclipsa. De retour dans son bureau, il s'attela à ajouter en urgence nombre de paragraphes et d'alinéas dans le contrat-type de Bill'Boquet.

Chapitre 16
Un contrat pour Noël

Jeudi 24 décembre 2009 (épisode 5/24)

Mon anxiété latente me poussait à prendre régulièrement des gélules visant à adoucir mon quotidien. En revanche, je m'étais toujours interdit de recourir aux molécules pour espérer vivre des instants d'euphorie.

Un matin de décembre, dans le hall d'entrée de l'immeuble dans lequel je vivais, un pauvre hère distribuait, dans les boîtes aux lettres, des prospectus publicitaires pour le compte de Bill'Boquet, une société à l'objet novateur : le self-kidnapping. Je crus d'abord que j'avais été personnellement ciblé tant le message porté par le tract entrait en résonance avec mes aspirations du moment. Il s'agissait de briser une vie routinière et de partir en quête de frissons, tout en demeurant dans un contexte sécurisé. Le concept était génial. Contrairement à ce que j'avais initialement cru, je n'avais pas été le destinataire privilégié de ce prospectus. Bill'Boquet avait choisi de se faire connaître en inondant les boîtes aux lettres des quartiers bourgeois de Toulouse et de ses environs.

De prime abord, je m'apprêtai à jeter le rectangle de papier. Pourtant, malgré l'usage de nombreux superlatifs, le message était porteur d'une promesse qui me sembla sincère. Je le déposai alors sur le billot près de mon réfrigérateur. Il y resta plusieurs jours sans que je n'y touche. Le soir, en rentrant de l'école, je ne manquai jamais de jeter un coup d'œil au prospectus, subrepticement. Comme s'il s'agissait là d'un acte honteux. Comme si une lutte intérieure était née, entre mon esprit cartésien, amoureux de la rectitude, et mon inconscient plus intrépide, désireux d'emprunter les chemins de traverse.

Un lundi soir, à peine avais-je franchi le seuil de mon appartement que, instinctivement, je composai le numéro de téléphone figurant sur le prospectus. William Boquet répondit. Nous nous présentâmes l'un l'autre. La suite de l'échange porta sur le contenu de la prestation. Boquet m'expliqua que le contractant serait enlevé :

1. dans l'année qui suivait la signature
2. forcément hors de son domicile, celui-ci étant considéré comme un sanctuaire sacré
3. dans un lieu quasi désert pour éviter l'intervention d'un quidam plus téméraire que les autres ou que la foule, enhardie par le nombre, ne s'interpose.

Suite à l'enlèvement, une séquestration était prévue, d'une durée variable, truffée de diverses brimades et surprises selon les modalités choisies. Je lui fis part de mon intérêt et nous convînmes d'un rendez-vous pour discuter plus avant d'un éventuel kidnapping.

Le jeudi 24 décembre 2009, je me rendis, à pied, à l'adresse indiquée, dans une rue proche de la basilique Saint-Sernin, à Toulouse. Depuis trois jours et notre conversation téléphonique, mon enthousiasme s'était évaporé. Le sieur Boquet devra faire montre de professionnalisme et trouver des arguments auxquels je serai sensible pour que je m'offre ce cadeau de Noël. Au numéro indiqué se trouvait une porte cochère fraîchement repeinte à l'ocre. Pas d'enseigne. Pas de logo représentant un bilboquet. Pas de slogan. J'approchai de l'interphone, dix boutons de laiton, dix étiquettes blanches. L'une portait l'inscription « BB ». J'avalai un calmant qui me permettrait de garder les idées claires face à mon futur interlocuteur si toutefois je le rencontrais. Hésitant, je pressai le bouton, prêt à échanger quelques mots avec ce « BB », Bernard Boudeficel ou autre Brice Biglemoi. Dix secondes de silence. Je décidai de ne pas sonner une seconde fois. Si personne ne se manifestait, je m'en retournerais chez moi en renonçant à mon projet fantaisiste.

« Bill'Boquet ... Bonjour, m'accueillit une voix que l'interphone rendait très nasillarde.
— Bonjour, c'est monsieur Buridan, répliquai-je.
— La porte au fond de la cour, deuxième étage. »

J'entendis un bourdonnement électrique et un loquet claqua. Je poussai le battant découpé dans la porte cochère et je suivis les consignes passées dix secondes plus tôt. J'arrivai devant un appartement dont la porte, laissée entrouverte à mon attention, était décorée d'un graffiti géant représentant un bilboquet. J'entrai. L'épaisseur de la moquette blanche du vestibule invitait à la retenue et j'osai à peine me manifester. William Boquet, assis derrière son bureau, leva la tête et m'aperçut.

« Monsieur Buridan, avancez donc. Veuillez vous asseoir. »

Nous nous serrâmes la main et nous nous installâmes de part et d'autre d'un bureau.

« Avez-vous trouvé facilement ? me demanda-t-il.
— Pas d'enseigne, un nom peu explicite sur l'interphone, vous ne donnez pas dans le clinquant.
— C'est volontaire ! Le service que nous proposons est un produit nouveau qui pourrait être assimilé à du banditisme s'il est mal compris. Nous souhaitons rester discrets vis-à-vis des riverains.
— Vous êtes installé depuis peu ? demandai-je, m'inquiétant d'essuyer les plâtres d'un projet balbutiant.
— Quinze mois ! J'ai basé la société à Toulouse et j'ai ouvert deux autres succursales à Paris et Lyon où j'ai placé des hommes de confiance. Et le concept plaît au-delà de mes espérances !
— Comment jugez-vous de la satisfaction des clients ?
— La plupart des hommes et des femmes enlevés se renseignent presque tous aussitôt pour renouveler l'expérience. Est-ce un gage suffisant à vos yeux ?
— Certes.
— Ôtez-moi d'un doute monsieur Buridan.
— Oui. Qu'y a-t-il ?

— J'aurais dû vous poser la question avant que vous ne vous présentiez ici.
— De quoi s'agit-il ?
— Si votre réponse devait aller dans le sens contraire de celui que j'attends, vous serez venu en ce lieu en pure perte.
— J'ai hâte de connaître ce sujet qui me vaut tant de louvoiements ! Venez-en au fait !
— La personne qui fera l'objet du rapt, si nous parvenons à un accord, ne pourra être que vous-même. Sommes-nous bien d'accord ?
— Bien entendu ! C'est comme cela que je l'entends depuis que j'ai pris contact avec vous.
— Veuillez m'excuser pour cet excès de précaution mais depuis quelques jours, avec l'approche de Noël, je reçois nombre d'appels de personnes qui voyaient dans l'enlèvement organisé un cadeau original à offrir à autrui.
— Ce n'est pas mon cas, rassurai-je Boquet.
— J'en suis fort aise. Le self-kidnapping ne peut être qu'un choix personnel, libre et éclairé. »

William Boquet me proposa de parcourir avec lui l'ensemble des paragraphes d'un contrat-type afin que nous ne négligions aucun aspect de l'éventuel accord à venir. Il me demanda de l'excuser, il devait s'absenter pour aller chercher un exemplaire dudit document. Boquet se leva et me laissa seul dans la pièce. Le décor minimaliste du lieu empêcha mon regard de s'accrocher où que ce soit. Posé sur le bureau, je remarquai un wakouwa représentant un bilboquet. Je le saisis et je pressai le bouton poussoir sous le socle. La boule se souleva et se désolidarisa de la tige de bois. Retenue par un fil, elle glissa le long de l'axe.

Relâchant ma pression du doigt, la boule vint s'enfiler à nouveau sur le manche du bilboquet miniature. Ce jouet me projeta plus de trente ans en arrière, à « La maison du second départ ». Il me rappelait le renard de bois verni avec lequel Bibi jouait souvent machinalement : l'animal était tantôt raide et alerte, tantôt sur le flanc et amorphe.

De manière inattendue, une tête aux cheveux bruns, hirsutes, passa par l'entrebâillement d'une porte qui donnait sur une pièce voisine. Je déposai le jouet sur le bureau.

« Pardon, bredouilla la tête, j'ignorai que monsieur Boquet était en rendez-vous.
— Aucun problème, le rassurai-je, il s'est absenté. Veuillez entrer. »

L'homme ramena le reste de son corps dans la pièce. Il portait un pantalon kaki, au velours épais, et une chemise à carreaux, en laine, au col plus irritant que de la paille de fer. Stanley Bramanthombe venait d'entrer en scène. Nous nous présentâmes en échangeant deux phrases. Stanley s'avança vers un meuble bas sur lequel on avait disposé une cafetière.

« Je suis venu prendre un café, m'informa-t-il.
— Bien ! Faites donc ! » l'adoubai-je.

Ni lui ni moi ne savions comment poursuivre la conversation. Nos méninges étaient remplacées par des bulles dansantes. Au prix d'un effort dont je n'étais pas coutumier, je brisai ce silence gênant.

« Je suis sur le point de signer un contrat chez vous, chez Bill'Boquet. Si vous deviez définitivement me convaincre, en un seul mot, quel serait-il ? »

Il réfléchit quelques secondes, il saisit son menton entre le pouce et l'index dans une posture qui n'avait rien de naturel. Il but une gorgée de café pour se donner une contenance.

« Carré ! lâcha-t-il en souriant, visiblement fier de sa trouvaille.
— Carré ? Expliquez-moi !
— C'est le mot qui caractérise le travail réalisé ici : rigoureux, professionnel, proche des attentes du client. En un mot : "carré". Et l'antenne toulousaine repose sur quatre personnes, un carré magique, William Boquet à la baguette, moi-même à la paperasse, Boule et Brindille aux basses besognes.
— Boule et Brindille ? »

Heureux d'avoir réussi à susciter l'intérêt chez moi, Stanley décida d'exploiter le filon au maximum.

« Ce sont les noms d'emprunt choisis par les jumeaux kidnappeurs. Jumeaux mais physiquement très différents. Boule a le cheveu ras, il est râblé, avec des biceps énormes et un bon petit bedon tandis que Brindille est longiligne, le muscle sec, le visage osseux. Ces caractéristiques ont fini par pénétrer la personnalité propre de chacun des jumeaux. Ainsi, lorsque Boule parle, il n'utilise jamais la lettre « O », trop ronde à son goût. Quant à lui, Brindille délaisse le « I » qui lui rappelle sa maigreur, ce qui lui est insupportable. »

Je dessinai des accents circonflexes avec mes sourcils pour indiquer mon grand étonnement à Stanley devant de telles révélations. William Boquet surgit alors dans le bureau, brandissant une liasse de feuilles au-dessus de sa tête.

« J'ai mis la main sur ce contrat, triompha-t-il.
— Je vous laisse, j'ai fini mon café », déclara Stanley.

Il nous montra à tous deux le fond de sa tasse pour appuyer ses dires et s'éclipsa aussitôt. William Boquet sourit devant la réaction infantile de Stanley Bramanthombe et m'assura que c'était un « petit gars sérieux ». Faisant de ses doigts un peigne, il repoussa sa tignasse en arrière. Ce faisant, sa mine s'était assombrie, comme s'il avait profité du geste pour coller un masque sur son visage. Boquet versa deux verres d'un très bon cognac et m'en tendit un. Il me proposa un cigare. Je refusai mais le remerciai pour l'attention. Il ne fumait pas non plus mais souhaitait toujours mettre son visiteur dans les meilleures dispositions pour parcourir ensemble un contrat. Nous relûmes chaque page, chaque article, chaque mention légale, chaque nota bene. Nous nous entendîmes sur le contenu de la prestation. Nous définîmes la durée maximale de la séquestration. Nous trouvâmes un accord quant au prix. J'apposai ma signature en fin de document et paraphai chaque page.

« Rien de mieux qu'un contrat dans lequel chacune des deux parties trouve son compte.
— Il me tarde de vivre cette expérience inédite.

— C'est pour demain, dans six mois, dans un an, s'amusa Boquet, nous vous cueillerons par surprise et vous n'aurez qu'à vous laisser faire. »

Je me levai, prêt à enfiler ma veste et à prendre congé de ce vendeur d'adrénaline.

« Attendez ! tempéra William Boquet, il nous reste deux petits points à régler. »

Je fus extrêmement surpris d'apprendre qu'il puisse rester deux sujets à éclaircir une fois ma signature apposée. William Boquet me présenta un feuillet portant l'inscription « Attestation de décharge de responsabilité ».

« Comprenez que nous ne pouvons pas engager la responsabilité de Bill'Boquet en cas d'accident lors du rapt. Mais attention, tout ceci n'est que pur formalisme.
— Ah oui ? m'étonnai-je pour qu'il précise sa pensée.
— Bien sûr ! Aucun accident n'est à déplorer dans toute l'histoire de Bill'Boquet. Nos kidnappeurs sont aguerris, préparés à endurer toute épreuve physique ou morale et sauront garder le contrôle de la situation et ce même si, surpris, vous vous débattiez pendant l'enlèvement. Ils sont maîtres dans l'art du kêne-du.
— Le kêne-du ? Je n'ai jamais entendu parler de cela.
— C'est un art martial mi-japonais mi-philippin qui allie maîtrise de soi et développement du corps, en plus d'un apprentissage poussé de l'anatomie humaine.
— De l'anatomie humaine ?
— Pour jauger la vulnérabilité de l'adversaire. Mes kidnappeurs sont capables, au choix, soit de vous étaler au

sol, les deux tibias brisés, soit de vous estourbir en vous effleurant le lobe de l'oreille.
— Fichtre ! Mieux vaut ne pas se trouver en face !
— Pas d'inquiétude ! Ce jour-là, ils n'interviendront pas contre vous mais pour vous. Ce sont des professionnels de haut vol mais vous comprendrez qu'il est préférable que je ne vous en dise pas plus à leur sujet. Si je vous donnais une indication, vous seriez dès lors toujours sur vos gardes, à l'affût de ce détail chez les personnes se trouvant autour de vous. Ce serait invivable !
— C'est mieux ainsi en effet, approuvai-je.
— Je préfère, par exemple, taire leur nom. »

« Boule et Brindille peut-être ? » pensai-je.

« Naturellement ! acquiesçai-je.
— Il m'est impossible, en votre présence, de décrire leurs apparences physiques. »

« Un trapu replet à la carrure impressionnante et une asperge ligneuse aux muscles saillants, à tout hasard ? » songeai-je.

« Cela va sans dire ! confirmai-je. Même si la liaison faite sur "leurs apparences", marquant l'usage du pluriel, me laisse deviner qu'ils ne se ressemblent pas. »

Boquet sourit et but une lampée de cognac.

« Certes, concéda-t-il amusé, cessons de nous épancher sur le sujet. »

Il me tendit le feuillet. Je le signai sans hésiter. En cas d'incident, Bill'Boquet ne pourrait être tenu pour responsable. En gribouillant le bas de la page, je me demandai quel pouvait être le dernier point à propos duquel nous devions encore nous entretenir. La seconde qui suivit, Boquet m'apporta un élément de réponse. Flou. Et donc inquiétant.

« Bien, trancha-t-il, la voix haute et claire, en rassemblant les différentes feuilles de mon dossier. Il ne vous reste plus qu'à indiquer sur ce bristol le code désenchanteur que vous avez choisi. »

Il glissa devant moi un rectangle de papier cartonné. Mon regard fit trois allers-retours entre ce cadre blanc et les yeux de Boquet, fixés sur moi.

« Le code désenchanteur ? questionnai-je.
— L'expression est plutôt nébuleuse, j'en conviens. Il s'agit d'inscrire dans le cadre devant vous le mot ou la phrase qui marquera la fin de l'expérience. En entendant ce code, les kidnappeurs sauront que le jeu est terminé. Finis les gestes brusques, les cordelettes et le bâillon. Vous serez libre. »

En me rendant à ce rendez-vous, j'avais pensé à me munir de mes papiers d'identité et de quelques justificatifs divers, qui ne me furent d'ailleurs d'aucune utilité, mais je ne m'étais pas préparé à fournir un mot de passe à brûle-pourpoint.

« Il va falloir être imaginatif, me motivai-je à voix haute.
— Rabattez-vous sur un mot que vous n'utilisez jamais, me conseilla Boquet.
— Faire dans le biscornu, pourquoi pas, mais encore faut-il que je réussisse à le garder en mémoire pendant une année.
— Kêne-du ! proposa Boquet.
— Qu'entendez-vous ? Que « kêne-du » devienne mon code désenchanteur ?
— Et pourquoi pas ?
— Non ! Mauvais choix ! Je ne connaissais pas ce mot il y a cinq minutes. Il est fort probable que je l'oublie aussi vite.
— Je sais, s'illumina William Boquet. J'ai lu Les frères Karamazov.
— Et alors ? Que faut-il comprendre ?
— Ce serait votre formule : J'ai lu Les frères Karamazov !
— Assurément non ! Je ne peux pas choisir une phrase que je suis susceptible de prononcer dans ma vie de tous les jours.
— "J'ai lu Les frères Karamazov" pourrait vous échapper par inadvertance au détour d'une conversation ? C'est ce que vous me dites ?
— Oui ! J'ai effectivement lu ce roman. Imaginons que je parle de littérature avec mes kidnappeurs. »

William Boquet esquissa un sourire. Ma dernière remarque le déconcerta. Il lui fallut bouger, se raccrocher au réel. Son pied donna une impulsion, son fauteuil pivota, emmena Boquet dans un tour. Il posa un pied au sol, stoppant la danse de son siège. Il se leva, marcha jusqu'à un buffet, fit coulisser un panneau de bois. Il sortit une boîte, l'ouvrit et me la présenta. Boquet me vanta le mariage du cognac avec ces palets de chocolat noir aux écorces de citron.

« Monsieur Buridan, je doute que les échanges que vous aurez avec mes kidnappeurs laissent quelque place que ce soit à Dostoïevski.
— N'ayez crainte, le rassurai-je, j'en ferai aisément le deuil. Et, en toute franchise, je préfèrerai limiter mon code désenchanteur à un seul mot. Une phrase c'est difficile à mémoriser, et même à prononcer en cas d'urgence.
— Ah ? Dommage ! lâcha Boquet, déçu.
— Qu'y a-t-il ? Qu'aviez-vous en tête ?
— Rien ! Oubliez ! Aucune phrase ne sera à votre convenance.
— J'insiste ! Il n'y a jamais de mauvaise proposition. »

Il hésita quelques secondes, but un trait de cognac et, l'œil pétillant, lâcha enfin sa trouvaille.

« Que le grand cric me croque ! »

Je pouffai. Les traits de Boquet, vexé, se tendirent.

« Honnêtement, vous m'imaginez avec vos sbires, saoulé de coups, ligoté, muselé, leurs poings dans mes côtes. Et quand j'estimerais que j'aurai pleinement profité de l'expérience et que j'aurais, à mon goût, testé l'épaisseur de mon cuir, alors, les yeux dans les yeux, il me faudrait leur déballer "Que le grand cric me croque" ? Tout bonnement inconcevable. »

Froissé par mes refus répétés et cette ultime tirade moqueuse de ma part, William Boquet fit l'effort de passer outre, se rappelant ma position privilégiée de client. Soucieux d'abréger la rencontre, il se convainquit intérieurement que la meilleure façon d'y parvenir était d'éviter de bouder et d'être force de proposition.

« Je sais ! s'exclama-t-il. Que dites-vous de "charivari" ou de "tohu-bohu" ? »

Je pointai mon index vers lui.

« Tohu-bohu ... J'aime ! C'est une bonne piste. Cette consonne dentale permet d'exploser en lâchant ce mot, cela peut ressembler à un cri de guerre. »

Boquet ramena sa tignasse en arrière, soulagé de me voir toucher au but.

« Ca y est ! J'ai trouvé ! » braillai-je.

J'inscrivis ma trouvaille sur le bristol. Boquet déchiffra en lisant à l'envers.

« Excellent ! » approuva-t-il, en accompagnant sa parole d'un pouce levé.

Il agrafa le papier cartonné à mon dossier et recopia le mot en lettres capitales sur une copie qui m'était destinée. Cela marqua la fin de l'entrevue.

Le soir, de retour chez moi, je glissai l'enveloppe de papier kraft qui contenait mon contrat dans le tiroir de mon bureau. J'allumai mon poste de télévision pour simuler une présence. Sur l'écran, une femme très pieuse s'indignait de la décision du pape Benoît XVI, fatigué, d'avancer la messe de minuit à 22h00. Les piaillements de la contestataire avaient fini de pomper mes derniers résidus d'énergie. Je me couchai sans manger.

Allongé dans mon lit, dans l'obscurité, je répétai mon code désenchanteur à dix reprises, à voix haute, comme pour le graver en moi.

Le lendemain, dans la rue, je me méfiai des hommes qui déambulaient par deux lorsque l'un était costaud et l'autre mince, le travail de sape de Stanley Bramanthombe faisant son œuvre.

Le surlendemain, je n'avais plus aucune pensée, aussi fugace fût-elle, pour l'engagement que j'avais pris avec Bill'Boquet.

Chapitre 17
Un contrat sur ma tête

Lundi 3 mai 2010 – 16h01 (épisode 17/24)

« Il a fallu que ce crétin se tue maintenant ! fulmina un homme que je ne connaissais pas. »

J'étais bien le crétin en question. L'homme qui enrageait en apprenant ma mort était un petit caïd, très défavorablement connu des services de police. Il vivait de petites arnaques, de vols de chéquiers ou de détournement de prestations sociales. Il baladait un cure-dent entre ses lèvres à petits coups de langue nerveux. Jimmy Badeboye aspirait désormais à autre chose. Il voulait donner dans le kidnapping et le saucissonnage. Il avait prévu de faire de moi sa première proie.

« Cet enlèvement qui capote, cela tombe mal. Le milieu se moque déjà assez de moi depuis que je fais équipe avec toi.
— Avec moi ? lui demanda la personne assise à ses côtés

dans le sofa.
— Non, n'y vois rien de personnel ! Quand je dis "avec toi", je voulais dire "avec une femme." »

Ornella Brizenuk esquissa un sourire, distillant une infime dose de douceur entre ses cheveux courts coupés en brosse, ses épaules carrées et son torse musculeux. Pour Ornella, il semblait pourtant évident que le principal sujet de moquerie dans la pègre locale quand il était question de Jimmy Badeboye concernait ses rouflaquettes qui dessinaient de grands losanges poilus sur ses joues. Le contraste avec ses cheveux gominés plaqués en arrière était, il est vrai, des plus saisissants.

Mais Ornella avait fait tellement d'efforts pour se faire une place dans le milieu machiste du banditisme qu'elle se voyait mal renoncer à ce projet, quitte à recourir à des arguments bancals.

« Et si nous le kidnappions quand même, proposa Ornella Brizenuk, le plus sérieusement du monde. »

Jimmy Badeboye lâcha un rire sans desserrer les lèvres, juste en soufflant par le nez.

« Petit rappel, s'amusa Jimmy, Anton Buridan est mort ! »

L'idée d'Ornella était novatrice, révolutionnaire. C'était du jamais-vu dans le monde de la crapulerie. Non pas que cela aille à l'encontre de la morale ou des règles préétablies, c'est juste que personne n'avait eu cette folle inspiration auparavant. Ornella ne s'offusqua donc pas du petit rire moqueur de son acolyte.

« Justement, c'est le principe ! expliqua Ornella. On le kidnappe même s'il est mort !
— Ah ? C'est une curieuse idée !
— Il est plein aux as. Sa famille aurait payé pour le récupérer vivant, elle paiera pour qu'on lui retourne sa dépouille. Elle réclamera le corps pour l'inhumer dans la dignité.
— C'est vrai, tu as raison ! Qu'il ait passé l'arme à gauche ne change presque rien !
— Cela évitera même qu'il se débatte », ajouta Ornella.

Les deux compères éclatèrent de rire. Jimmy Badeboye se leva, laissant Ornella seule dans le sofa. Il gagna la terrasse qui se trouvait à l'arrière du corps de ferme dans lequel les deux malfrats avaient établi leur camp de base. Jimmy en avait hérité à la mort de sa mère. Posée au sommet d'une colline, la bâtisse isolée dominait les champs et les forêts de l'ouest toulousain. Jimmy alluma une pipe, satisfait de la tournure que prenaient les évènements. Ornella Brizenuk le rejoignit avec deux cannettes de bière fraîches qu'elle décapsula avec les dents.

« On kidnappe Anton Buridan demain ? » demanda Ornella.

Jimmy cracha une bouffée de fumée.

« Et comment ! Demain les invités ne passeront pas toute la cérémonie à pleurnicher. On va les bousculer un

peu, les distraire. On leur offre un enterrement dont tout le monde se souviendra, qui fera passer le bougre à la postérité. Ce n'est qu'un juste retour des choses que la famille nous paie une rançon.
— Bien dit ! » approuva Ornella.

Elle but une lampée de bière.

« Ouais ! Bien dit ! » surenchérit Jimmy.

Il vida la moitié de sa cannette. Elle rota bruyamment. Il lâcha un pet tout aussi sonore. Ils rirent un bon moment. À leurs yeux, le scénario du lendemain ne semblait nécessiter aucune mise au point supplémentaire.

Chapitre 18
Ananas, kiwi et pommes de pin

Mardi 4 mai 2010 – 08h21 (épisode 18/24)

Allister Barnabul s'était levé tôt. Non pas qu'il ait voulu profiter au maximum de sa journée. Quelques rafales de vent avaient décroché des pommes de pin et cassé de menus branchages qui, glissant et rebondissant sur la toiture de l'hôtel, réveillèrent Allister. Il préféra y voir une aubaine. Dans la salle de restauration, au rez-de-chaussée, les tables avaient été garnies en vue du petit-déjeuner. La pièce était déserte lorsqu'Allister s'y présenta. Il s'attarda devant la table des fruits frais alors qu'il n'y marquait pas l'arrêt les jours précédents. Il choisit les deux tranches d'ananas les plus épaisses et un kiwi coupé en quartiers. Il prit la résolution d'en manger plus régulièrement.

Chapitre 19
Le confessionnal

Mardi 4 mai 2010 – 08h41 (épisode 19/24)

J'avais passé une nuit plutôt tranquille. Je m'étais réveillé une seule fois, vers 2h00 du matin et, dans une semi-conscience, j'avais avalé une barre de céréales et une datte séchée. Je fus réveillé par le loquet de la salle réfrigérée. Walter Bonimenti et Childéric Balbussi pénétrèrent dans la pièce sans ménagement, se souciant peu du sommeil de leurs hôtes.

« Du nerf, gamin ! Dans moins de vingt minutes le zigue qui se trouve dans cette boîte doit sourire et sentir la lavande, lança Bonimenti. »

J'avais reconnu la voix du gérant des pompes funèbres. J'ignorai de qui il était question lorsqu'il avait parlé de « zigue » et, plus généralement, je cernai mal la teneur des propos de Walter Bonimenti.

« Il doit vraiment sourire ? demanda Childéric Balbussi.
— Mais non, triple buse ! C'est une image ! Il faut lui faire une beauté, c'est tout. Tu comptais lui raconter une blague ? »

Avec cette réplique où se mêlaient autorité et bon sens, je me l'imaginais en maître d'école face à un élève mal dégourdi. Je ne pus contenir mon hilarité et, à travers mes dents serrées, je lâchai un rire étouffé qui ressemblait à un éternuement.

« À vos souhaits ! » lâcha le jeune stagiaire.

J'étais tétanisé, la bouche en O, prêt à voir le couvercle du cercueil disparaître au-dessus de moi. Intérieurement, une tornade dansait dans mon crâne. Je n'avais pas de justification valable à avancer pour expliquer ma présence entre ces planches. Je pouvais jouer la carte du miracle, du retour d'entre les morts. Ou alors, déballer la vérité nue, probablement peu propice à tirer un sourire à Bonimenti. Je n'eus pas à choisir.

« Je te pose une question et tu me réponds "à vos souhaits" ? Quelle est la logique dans cet enchaînement ? interrogea Bonimenti.
— Vous avez éternué ! Alors je vous dis "à vos souhaits" !
— Je n'ai pas éternué.
— Je suis pourtant certain d'avoir entendu quelqu'un éternuer.
— Et pour ma part, je sais encore quand j'éternue et quand je ne le fais pas.
— J'en aurais mis ma main à couper ! s'entêta Balbussi.

— Tu as bien fait de t'abstenir, rétorqua Bonimenti. Allez ! Attrape l'autre côté ! »

Je sentis ma couche quitter le sol. Je fus ensuite balloté trois minutes, au gré des passages de porte ou des changements de prise de mes deux transporteurs. Finalement, au terme de cette promenade, ils inclinèrent la caisse de bois dans laquelle je me trouvais, la mettant debout, et la déposèrent sur un chevalet. Childéric lutta quelques secondes contre le couvercle de mon cercueil mais parvint finalement à l'ôter. Il le déposa de manière à ne laisser apparaître que mon buste.

Malgré mes paupières closes, la lumière vive qui tombait des appliques murales m'éblouit, mes yeux s'étant habitués à l'obscurité durant ma captivité. Je ne pus contrôler le froncement de mes sourcils et le plissement de mes paupières. Ces réflexes m'avaient trahi ! À coup sûr ! Mais non. Je fus sauvé par la puanteur dégagée par mon cercueil. Je m'étais accoutumé à l'odeur des os de poulet broyés dont j'avais farci mes ourlets de pantalon. Mais Childéric avait fermé les yeux et détourné la tête en prenant la bouffée malodorante dans les narines. Ce que j'ignorais.

De l'autre côté de la pièce, Walter Bonimenti s'affairait devant un vaisselier aux battants de porte ouverts. Il emplissait de fleurs de lavande de petits sachets de toile et ouvrait de minuscules pots de musc. Je m'étonnais que Childéric n'ait pas encore poussé un cri d'effroi à la vue de mes paupières plissées. Sans réaction de la part des deux hommes, j'en conclus que mon maquillage n'avait pas dégouliné et me donnait toujours l'apparence cadavérique

que j'escomptais. Mon cœur battait à tout rompre. Mais personne ne pouvait remarquer le gonflement des veines de mon cou puisque un foulard sortait de l'encolure de ma chemise et remontait jusqu'à la naissance de mon menton.

«Tu viendras m'aider gamin, sollicita Bonimenti. Il faudra truffer le cercueil avec tous ces sent-bon. Attention, ils ne doivent pas être apparents. »

Childéric, figé, ne dit mot.

« Oh gamin ! Je te parle ! Je dois encore disposer les bougies autour du chevalet. Si tu pouvais m'aider, je t'en serais reconnaissant. »

Childéric rompit son immobilisme, tournant la tête vers son responsable.

« Monsieur Bonimenti, un détail me chiffonne.
— Ah oui ? Tu te demandes pourquoi je m'active et pourquoi, toi, tu bayes aux corneilles ?
— Non, je m'étonne que le cadavre ait une graine de sésame coincée dans la commissure des lèvres. »

Après une journée et une nuit passées dans une pièce réfrigérée, la douceur relative de la pièce m'était difficilement supportable, faisant gonfler mon visage. Mais la révélation de Childéric quant à ma dernière gourmandise nocturne fit courir sur ma nuque une onde plus brûlante encore.

« Et après ? tonitrua Bonimenti. Les espingouins ont mal nettoyé le corps. Dans ce métier, c'est à toi d'être consciencieux, tu n'as pas à attendre des autres qu'ils le soient. Allez, nettoie sa bouche et viens m'aider. Tout le monde débarque dans cinq minutes. »

Le jeune homme s'exécuta en éjectant la graine de sésame d'une puissante chiquenaude qui termina sa course dans ma lèvre supérieure. Ma bouche fut endolorie toute la matinée suite à cette malheureuse initiative. J'avais une folle envie de fesser le garnement cul nu mais je décidai de ne pas broncher.

Certaines cultures, certaines religions voient dans la mort le point de départ d'un voyage de l'âme. La métempsychose consiste en ce transvasement de l'âme du corps humain vers un autre être, animal, végétal ou minéral. La représentation qui en est le plus communément faite est celle d'un ectoplasme, d'une matière molle et invisible, qui flotterait à l'aplomb du cadavre et qui serait témoin des agissements de chacun dans la pièce funéraire. En ce jour de recueillement, je n'aurai pas le privilège de jouer à la vigie silencieuse, de profiter du décorum suranné de la pièce (tapisserie rose saumon, moulures vert bouteille au plafond, rideaux de velours lie-de-vin et appliques lumineuses en laiton) ou des grimaces de tous ceux qui défileront devant moi. Mais en confesseur attentif, j'écouterai les paroles des hommes et femmes venus me rendre un dernier hommage. Ce faisant, je goûterai à toutes les composantes du spectre des émotions.

Visiteur n°1 : Candice

Elle traversa la pièce sans faire de bruit. Je sus qui se trouvait à mes côtés à la manière qu'eut cette personne de s'éclaircir la voix. Deux raclements de gorge timides, presque gênés, suivis d'un gémissement étouffé, à peine audible.

—Je ne pensais pas te revoir dans de telles circonstances, souffla Candice.

« *Je ne m'attendais pas à recevoir ta visite.* », rétorquai-je intérieurement.

— Je ne pensais pas te revoir … du tout.

« *Voilà qui a le mérite de la franchise. Pour ma part, je ne suis pas certain de te revoir un jour. Pour l'heure, j'ai les yeux clos.* »

— Et quand j'ai reçu cet appel des pompes funèbres … Quel choc !

Je fus flatté d'apprendre que j'occupais toujours une place à part chez Candice. J'étais d'humeur badine et le fait que Candice enchaîne les phrases plutôt creuses me plaçait dans une position de supériorité des plus jubilatoires. Je retenais un sourire de satisfaction. Candice m'aida à le dissoudre dans une bonne dose de fiel.

— Je me suis dit : Mais mince ! Par quel enchantement … par quel coup du sort tordu cette personne m'appelle-t-elle pour m'annoncer la mort de ce gars sorti et de ma vie et quasiment de ma mémoire ?

« *"Ce gars" ! Charmante façon de s'adresser à un défunt. Avec qui tu as failli fonder une famille qui plus est.* »

— Après notre séparation, je n'ai pas mis longtemps à tourner la page.

« *"Notre séparation" ? Tu veux dire "Ta fuite" ?* »

— J'ai rencontré un homme capable de me faire rêver et de me surprendre en permanence. Il s'appelle Alan Bernafon, c'est une sommité du monde des finances.

« *Jamais entendu ce nom !* »

— Nous voyageons sans cesse. Il donne des conférences dans le monde entier. Nous découvrons ensemble des endroits délicieux et fréquentons des hôtels de luxe rivalisant de raffinement.

« *Tu m'en vois ravi mais ce moment de recueillement est censé être centré sur moi. Tu excuseras mon égocentrisme, c'est mon enterrement aujourd'hui.* »

— Quel changement en comparaison de la vie plan-plan qui m'était promise à tes côtés.

«*Ah ! Voilà qui est mieux ! Tu parles de moi !* »

Candice me sortit deux ou trois autres fariboles et préféra garder pour la fin de notre entrevue les éléments à l'enveloppe dramatique plus large. Elle m'annonça qu'Alan Bernafon serait mon prochain visiteur même s'il était désormais trop tard pour qu'il me donne des leçons.

Avec un détachement inouï, sans vergogne, comme on fend une bûchette en deux coups de hache, elle m'apprit qu'elle n'avait jamais été enceinte et qu'elle avait utilisé ce stratagème pour me forcer à changer, pour me contraindre à la chérir davantage. Sans succès, elle avait coupé court à l'expérience, invoquant une fausse couche. J'avais la gorge nouée. Il est vrai que j'avais difficilement appréhendé la grossesse de Candice et que je ne m'étais pas du tout impliqué dans cette expérience que j'avais, par facilité et par pudeur, jugé purement féminine.

Elle en vint enfin à son pari personnel, au moment du petit-déjeuner, qui avait précipité sa fuite plus tard dans la journée. Elle concéda que les dés étaient pipés, qu'elle avait balayé la notion d'aléa puisqu'elle savait sciemment que je répondrais « Sologne » lorsqu'elle me demanda de proposer une destination pour les vacances. Je fus troublé d'apprendre que ma vie avait basculé un vendredi matin sur cette réponse lancée machinalement alors que je m'apprêtais à quitter mon domicile.

— Ce qui m'amuse dans cette anecdote, sourit Candice, c'est que j'ignore où se trouve la Sologne. Pour boucler la boucle de notre histoire commune, j'ai amené une encyclopédie et je vais découvrir en ta présence dans quel coin du monde se situe cette contrée.

Elle commença à tourner les pages. Rapidement d'abord, puis de plus en plus lentement. Elle égrena alors quelques mots.

— Soliloque.

« *Cela colle en effet à la situation.* »

— Solitude.

« *Celui-là me correspond davantage.* »

— Ah ! Sologne ! Région du centre de la France, dans la boucle de la Loire. Sableuse et argileuse, longtemps marécageuse et insalubre...

Sa voix fana au fil de la lecture. Elle délaissa l'article de l'encyclopédie et lut ce que je devinais être les légendes figurant sous des images d'illustration.

— Le caquetoir de l'église de Souvigny ... Le château des Stuarts à Aubigny-sur-Nère.

Elle soupira et referma violemment l'épais livre.

— Sont-ce là les trésors devant lesquels je devais tomber en pamoison ? ironisa-t-elle.

« *Je ne connais pas ces édifices.* »

— Je ne comprends pas cette insistance, chaque année, à proposer cette destination.

« *Tu n'as pas en toi le souvenir vibrant du camping de Lamotte-Beuvron.* »

— Tu vois, Anton, même mort tu parviens encore à me décevoir. Bravo ! Je te laisse maintenant en compagnie d'un homme dont les qualités t'auraient fait pâlir.

Elle posa son regard sur mon visage blanc et quitta la pièce en songeant que son dernier mot était malvenu.

Visiteur n°2 : Alan Bernafon

— Me voilà devant vous à la demande de Candice.

« *Brave bête. J'aurais vraiment souhaité voir votre trogne mon bon Alan.* »

— Je m'appelle Alan Bernafon, j'ai quarante-neuf ans, je suis né à Saint-Mandé, au sud-est de Paris, d'un père français et d'une mère belge.

« *À quel âge avez-vous déclaré la varicelle ?* »

Alan Bernafon prit conscience du ridicule de la situation et cessa son déballage de renseignements administratifs.

— Si j'avais refusé de venir ici, cela aurait éveillé les soupçons de Candice. Et je veux à tout prix éviter de la perdre, elle est ma couverture.

« *Des soupçons ? Une couverture ? Dites-m'en plus ! Votre confesseur vous écoute !* »

Je ne sus jamais si les révélations qui allaient suivre étaient motivées par la vanité, le plaisir qu'éprouvait Alan à parler de sa personne ou par la volonté de se décharger d'un secret trop pesant.

— Je prends un risque énorme en remettant les pieds dans le coin. Il y a trente ans de cela, je vivais de fric-frac, j'écumais les petits commerces de la région toulousaine. Je ne sais pas si vous vous souvenez du "braqueur aux guimauves", c'est ainsi que la presse m'avait baptisé car, outre la caisse, j'embarquais toujours des paquets de bonbons avant de filer.

Je décidai de faire abstraction de ce sobriquet pour éviter de sourire ou, pire, d'éclater de rire. Je m'attachai à ne pas perdre le fil du monologue d'Alan Bernafon.

— Rapidement, il m'en a fallu plus. Je ne voulais plus de petites entourloupes. J'avais de l'ambition.

« *Oh ! Monsieur est carriériste !* »

— J'ai appris les bases de la fiscalité et j'ai créé un établissement financier proposant des placements aux rendements spectaculaires.

« D'accord ! J'ai compris ! Une arnaque à la façon de ce pauvre hère dont le nom m'échappe et qui s'est fait pincer aux Etats-Unis lors de la crise financière de 2008. »

— Je ne sais pas si le système de Ponzi évoque ... enfin, évoquait quelque chose en vous.

« Oui, allez-y, oubliez l'imparfait, le présent est de mise. Je connais ce mécanisme pyramidal où les rémunérations des anciens clients sont rendues possibles par l'apport d'argent frais des nouveaux entrants. C'est une fuite en avant. Vous êtes dans une belle mouise mon pauvre Alan. »

— Il est inutile que je vous détaille le procédé.

« En effet, je viens de le faire. M'avez-vous entendu ? »

— Pour résumer, disons que c'est à la limite de la légalité.

« Oui, du mauvais côté de la limite. »

— J'amasse un paquet d'oseille en attirant dans mes filets les vedettes et les magnats. Mes dernières prises se nomment Wilfrid Bobonouga, le rugbyman fidjien, Helena Borboleta, la starlette brésilienne ou encore le réalisateur américain Ismael Bloodimari. Mais tous ces flux d'argent attisent les soupçons et j'ai régulièrement des enquêteurs des services financiers sur le dos. Ils me traquent, me cherchent.

« Et vous êtes insaisissable ! »

— Alors, je ne m'attarde jamais nulle part. Actuellement, nous partageons notre temps entre Zurich et l'Algarve, au sud du Portugal. Cette godiche de Candice pense que je donne des conférences.

« *Godiche ? Je ne l'avais jamais affublée de ce qualificatif mais force est de constater qu'elle se fourvoie et patauge dans la naïveté en voyant en vous un homme bourré de qualités.* »

— Ce n'est pas la reine de la fantaisie, poursuivit-il, mais elle me permet de ne pas me rendre seul aux dîners mondains.

Avant de prendre congé de moi, Alan Bernafon fut rattrapé par ses jeunes années et glissa, presque par automatisme, sa main dans la poche intérieure de ma veste et ce malgré la maigreur du butin potentiel au regard de ses revenus d'aujourd'hui. Il avait largement écarté le pan de ma veste. Je parvenais à rester serein, ne craignant à aucun moment qu'il ne perçoive les battements de mon cœur.

« *Le sagouin ! Il me fait les poches !* »

— Désolé mon gars ! Il n'y a pas de petits profits ! s'excusa-t-il.

Il tira un petit paquet de ma poche. C'était un objet enveloppé dans un carré de tissu. Il le déballa. Entre le pouce et l'index, il tenait une barre de céréales couverte de miel. Il réalisa un tour sur lui-même. Il lui parut si incongru de trouver cette friandise sur un cadavre qu'il crut à un canular, voire un guet-apens monté dans le but de l'arrêter. Il frissonna, roula la barre collante dans son emballage de fortune et la fourra dans ma poche intérieure, là d'où elle n'aurait pas dû sortir. Quelque peu hébété par sa trouvaille, il se pressa vers la sortie.

— Cela m'a vraiment fait plaisir de discuter avec vous, lança-t-il sans se retourner.

« *Discuter ?* »

— De me confier plutôt.

« *Vous m'avez plu. J'aimerais voir la bobine de Candice à la seconde où elle découvrira votre face cachée.* »

Visiteur n°3 : Madame Balablan

— C'est incroyable, s'exclama-t-elle, en se postant à côté de mon cercueil.

« *Qu'y a-t-il ?* »

— C'est bien vous ! Lorsque j'ai appris la nouvelle, je n'y ai pas cru, je vous avais croisé à l'école trois jours plus tôt.

« *L'un n'empêche pas l'autre !* »

— Je représente aujourd'hui l'ensemble des professeurs de l'école.

« *C'est très bien que vous soyez parvenus à vous organiser.* »

— Chacun avait une excuse. Plus ou moins crédible. J'ai insisté pour venir auprès de votre dépouille, étant de loin la personne la plus affectée de l'établissement.

« *Je ne vous savais pas si sensible. En une phrase, vous avez réussi, à la fois, à m'étonner et à me toucher.* »

— C'est que vous m'aviez promis de venir avec un chèque en poche pour acheter la reproduction du tableau d'Edward Hopper qui doit décorer la salle des professeurs. De ce fait, j'ai été extrêmement contrariée d'apprendre votre mort, aucun autre professeur ne souhaitant cracher au bassinet.

« *Quelle ignominie ! Vos pensées sont dirigées vers mon chéquier. Je me félicite de vous avoir joué ce tour !* »

— Heureusement, j'ai trouvé une solution ! Plus profitable encore que celle que vous m'aviez proposée. Personne n'entourloupe Balablan.

« *Mourir c'est entourlouper ? Dans mon cas oui mais en règle générale je ne pense pas.* »

— J'ai organisé une collecte au sein de l'école dans le but d'acheter une couronne mortuaire barrée de votre nom, expliqua Balablan.

« *Typiquement le genre d'ornement qui m'insupporte !* »

— Sachez que vos anciens collègues et élèves ont été généreux. Ils sont naïfs mais généreux. J'ai récolté une somme qui fait plus que couvrir le montant dépensé pour la reproduction du tableau "Nighthawks". Je me suis donc servie.

« *C'est de bonne guerre. Je vous avais promis d'acheter ce tableau.* »

— Je pensais coller une petite plaque commémorative dans la salle des professeurs pour honorer votre geste.

« *Merci. Cela participera à mon passage à la postérité.* »

— Quoique … Ce geste risque de réveiller les doutes des collègues. Ils ont clairement entendu que notre arrangement financier était prévu ce lundi, jour où vous n'étiez plus. Oublions la plaque !

« *Mince, pour une fois que vous aviez une parole plaisante.* »

Madame Balablan ouvrit une sacoche de cuir qu'elle avait passée en bandoulière et en tira un présent qui m'était destiné.

— Evidemment, je suis venue sans couronne. Mais je tenais à ne pas arriver les mains vides. Voici pour vous, je les ai cueillis ce matin, mes pieds encore trempés de rosée en attestent.

Accompagnant ses mots, elle déposa sur ma poitrine un fin bouquet de six coquelicots rouges qui puait la paille humide.

« *Vraiment, ce n'était pas la peine.* »

— Ce n'est pas grand-chose, s'excusa-t-elle, mais c'est de bon cœur.

« *Oui et c'était gratuit.* »

— Il me reste à savoir que faire du reste de la cagnotte constituée à l'école. Je me trouve dans la plus grande indécision sur l'usage à en faire.

« *Pas de plaque de marbre ou de géraniums factices... par pitié !* »

— Vraiment... nous hésitons.

« *Nous ?* »

— Le week-end prochain mon mari aimerait se promener à Collioure et, moi, je pencherais plutôt pour Arcachon. La mer ou l'océan, nous hésitons.

« *Je constate que vous profitez de ce moment de recueillement pour vous poser des questions de prime importance.* »

— Veuillez m'excuser, me pria-t-elle, je ne pourrai pas assister à votre inhumation.

« *Vous ne raterez rien, elle n'aura pas lieu. En revanche, vous manquerez ma résurrection, un grand moment en perspective.* »

— Il me faut vous quitter désormais, j'ai promis à mes enfants de passer par l'animalerie, ils souhaitent changer la litière de Bistouille, leur cochon d'Inde.

J'encaissai la remarque. Bistouille avait droit à plus de considération que ma petite personne.

— Je vous laisse, conclut Balablan, cela m'a fait plaisir de vous revoir. »

« *Oui. À bientôt. Mes amitiés à Bistouille.* »

Visiteur n°4 : Bibi

J'entendis alors, à intervalles réguliers, un bruit mat, à peine audible. Je l'identifiai comme étant celui d'une canne à l'embout caoutchouté, qui tapait timidement le sol. Cela m'interpela. Je ne comptais personne dans mon entourage qui se déplaçait à l'aide d'une canne.

— C'est moi ! dit la voix fatiguée d'un vieil homme.

Plus éraillée que trente ans plus tôt, je reconnus pourtant cette voix qui avait si souvent été une musique m'indiquant la piste à suivre.

— C'est Bibi ! me confirma-t-il.

Une intense émotion m'envahit. Des picotements remontèrent le long de ma gorge. Je sentis poindre une minuscule larme dans le coin de chaque œil. J'étais bouleversé en me représentant le vieil homme peiner, valisette à la main, lors de son voyage entre le Queyras et Toulouse. Il avait quitté la bâtisse de « La maison du second départ », où il avait ses habitudes, pour honorer ma mémoire. Pour ma part, en trente années, je n'avais jamais remis les pieds sur les lieux de mon enfance, là où se sont ouvertes des plaies à jamais béantes, au milieu d'un salmigondis de misères et d'infortunes d'horizons divers.

— Tu dois être étonné de m'entendre ? demanda-t-il l'air rieur.

« *Et comment !* »

Je n'avais qu'une envie : me redresser d'un coup, ouvrir grand les yeux et, immédiatement, rassurer Bibi, probablement affolé. J'avais tant à raconter à celui qui avait amorcé nombre de mes recherches, qui plus est sur des sujets extrêmement variés. Je voulais lui dire que j'avais grandi, que je ne confondais plus les supplices de Sisyphe et de Tantale, que j'avais poussé plus avant des notions de mathématiques et de sciences physiques dont il m'avait indiqué les bases, que j'avais aussi exploré de nouveaux champs, dans les domaines de l'art contemporain, de la bande dessinée, que j'avais découvert et apprécié le courant du Nouveau Roman, que je pouvais lui apprendre les rudiments du jeu de go.

— Ne dis rien. Écoute-moi !

« *Bien entendu que je ne vais rien dire, je suis mort !* »

— Surtout ne réagis pas mal même si je pourrais aisément le comprendre.

« *Bibi, nul besoin de m'implorer. Je ne saisis pas pour quelle obscure raison je serais susceptible de me mettre en colère. Mais si cela devait se produire, tu découvrirais alors la supercherie et je souhaite plus que tout l'éviter, préférant jouir le plus longuement possible de cet état qui amène mes visiteurs à révéler leurs secrets.* »

— Tu sais, Anton, parmi tous les adolescents que j'ai pu côtoyer à "La maison du second départ", je n'en ai jamais rencontré un autre te ressemblant, aussi avide d'apprendre, si réfléchi et intéressé. Alors, après ton départ, j'ai ressenti un immense vide. Pendant plusieurs mois, seul dans le centre de documentation, je t'imaginais franchissant la porte. Attente vaine. Un an, jour pour jour, après cette cérémonie organisée pour célébrer ton baccalauréat, j'ai décidé de ne plus être passif et de venir passer quelques jours à Toulouse, pour me rapprocher de toi.

« *Je ne t'ai jamais vu ! Pas plus que je ne t'avais vu lors de cette réception. Aurais-tu manqué le train ?* »

— Entendons-nous bien, je ne suis pas venu te rencontrer, je suis venu t'observer.

« *Comment ça ? M'épier ?* »

— C'est précisément sur ce point que je redoutais de provoquer ton courroux.

« *Pourquoi n'es-tu pas simplement venu me rendre visite ? Je t'aurais accueilli les bras ouverts.* »

— Je suis désolé. Mais ne vois pas là du voyeurisme de ma part, ne t'imagine pas non plus tel un cobaye. C'est juste le jeu d'un petit vieux qui s'ennuie, qui cherche à remplir sa vie.

Ma gorge se serra tant la solitude de Bibi était palpable dans ses mots d'excuse. Il continua.

— Ce premier voyage à Toulouse fut une véritable thérapie. J'en fis un rituel. Depuis trente ans, je viens à Toulouse deux ou trois fois chaque année, pour une petite semaine. La gare Matabiau est devenue le lieu où j'irradie de bonheur à chaque arrivée, gonflé d'enthousiasme et où je reviens piteux, le cœur en berne, quelques jours plus tard au moment du retour vers le briançonnais.

« *Trente ans que tu m'observes ?* »

— Petit à petit, je me suis immiscé dans ta vie, j'ai appris à connaître tes fréquentations. En arrivant ici, il y a une heure, pris dans un élan naturel, je me suis approché de

Candice, prêt à lui faire la bise et à engager la discussion avec elle, comme si nous nous connaissions. Je me suis ravisé au dernier instant, le sourire aux lèvres.

J'avais décidé d'avoir recours à des artifices pour mettre du relief dans ma vie. Bibi avait lui aussi trouvé son jeu et, même si j'étais le jouet, je ne pouvais pas lui en vouloir.

— Plusieurs fois, poursuivit Bibi, j'ai poussé le vice jusqu'à m'approcher de toi au plus près, caché derrière un journal à une terrasse près de la cathédrale Saint-Etienne, engoncé dans le col de ma veste, je t'ai tenu la porte à la sortie d'un grand magasin, dissimulé sous un parapluie je t'ai déjà observé jouer au go avec monsieur Bernoulli sous le kiosque du square Boulingrin.

Je fus amusé par le récit de ces scènes dans lesquelles Bibi apparaissait en fin limier et troublé d'apprendre que j'avais côtoyé le mentor de mon enfance à de nombreuses reprises sans le savoir.

« *Bien joué Bibi, je n'y ai vu que du feu !* » le félicitai-je.

— Tu sais, à mon âge, la mort s'invite souvent dans les pensées, telle une nappe de brouillard maligne qui avancerait insidieusement et stagnerait de manière durable. Cette issue, je m'y suis résigné. Mais tout de même, jamais je n'aurais pensé avoir un jour le sourire en me rendant dans un salon funéraire.

«*Tu te réjouis de me voir en ce lieu ?* »

— Ces derniers jours, je t'ai suivi à distance comme je le fais à chacune de mes retraites toulousaines. J'ai remarqué tes visites quotidiennes à la bibliothèque. Tu en sortais chaque jour avec un nombre important d'ouvrages. J'ai sympathisé avec mon confrère documentaliste afin de chercher une explication à ce singulier manège. Il m'a permis de consulter la liste de tes emprunts : des guides de survie en milieu polaire et des manuels traitant de thanatopraxie.

« *Lectures atypiques, n'est-il pas ?* »

— Je n'ai d'abord pas fait le lien entre ces ouvrages et ta mort. Il y a dix jours, j'ai assisté à la répétition de ton enterrement. J'ai juste eu à me poster de l'autre côté du mur d'enceinte du cimetière. Quand tu es sorti du bureau de Bonimenti, ce jour-là, j'ai vu que tu étais perplexe, en plein questionnement. Et après avoir parcouru la liste des documents que tu avais empruntés à la bibliothèque, une idée a cheminé en moi.

« *Laquelle ?* »

— Au tout début, j'ai pensé à la cryogénisation. Je me suis dit« Anton souhaite être conservé dans un congélateur et un scientifique le réveillera dans cent ans pour découvrir les nouvelles folies dans lesquelles le monde s'est embarqué ». Mais cette pratique ne s'applique qu'à des personnes mortes depuis peu, pas à des vivants. Et les guides empruntés portaient sur la survie en milieu polaire. Pourquoi chercher à survivre si l'on souhaite être congelé ?

« *Oui, cela n'a pas de sens !* »

— J'ai alors agencé les éléments d'une autre manière et ton projet fou m'est apparu. Je te savais curieux et prompt à t'intéresser à tout type de sujet mais je ne t'avais jamais vu sauter le pas de la théorie aux exercices pratiques. Ce que tu fais actuellement constitue à la fois une épreuve physique, mentale et une performance artistique.

J'étais émerveillé par la vivacité d'esprit de l'octogénaire qui me racontait goulûment les rouages qu'il avait mis en branle pour percer mon secret. Emu, je ne pus retenir des larmes qui roulèrent sur mes tempes.

— Attention Anton ! Ton maquillage !

Bibi sortit un mouchoir et épongea mes larmes sans altérer le teint livide que je m'étais fabriqué.

— C'est bien, m'encouragea-t-il, garde les yeux clos, reste impassible et surtout ne sors pas de ton personnage. Je m'éclipse. Et sache que j'attends avec impatience l'instant où tu te décideras à revenir parmi les vivants. Belle poilade en perspective !

«*J'aimerais partager ton enthousiasme ! Je n'ai aucune idée du moment précis auquel je bondirai de ma boîte.* »

J'entendis Bibi s'éloigner, sa canne cognant contre le sol, et je me jurai de lui offrir une accolade mémorable une fois ma farce achevée.

Visiteur n°5 : Marie-Amélie Belbigote

Elle s'avançait en trottinant, l'amplitude de ses pas étant limitée par son long manteau noir. Elle fit un tour sur elle-même, scrutant le décor.

— Hier, nous avions rendez-vous à l'hôtel. Vous m'aviez promis une chambre avec des bougies. Je vois qu'elles sont là.

« *Certes. J'avais également évoqué un lit à baldaquin. C'est peu pratique sur un cercueil.* »

— Ce lundi, en me rendant à l'école, je souriais benoîtement. Je savais que ce jour marquerait une étape cruciale de ma vie. Par un subterfuge quelconque, vous alliez m'informer quant au lieu où nous devions nous retrouver. Du moins, c'est ce que je pensais. À peine étais-je entrée dans l'école qu'un élève me dit "Tu es au courant pour Buridan ?" Bien qu'amusée intérieurement, j'adoptai un ton neutre et détaché "Non. Qu'y a-t-il ? Il est malade ?" Et le jeune homme de me répondre, l'air grave "Non, il est mort !" Je n'eus aucune réaction. Instantanément, je me suis dit "Mais c'est con cette excuse !"

« *Con ? Carrément ?* »

— Comment justifier une absence temporaire en prétextant être mort ?

« *Ma mort était censée être une distraction personnelle. Je suis confus que vous en ayez eu vent.* »

— Désormais, je suis bien forcée d'y croire. Vous êtes mort ! Avant de partir, vous m'avez donné la meilleure des leçons. Studieuse, je le resterai forcément. Mais, une fois les livres fermés, je cesserai d'être sage, je partirai en quête de nouvelles expériences. Pour l'heure, je tenais à vous rendre hommage.

Elle déboutonna son manteau sur toute la longueur et l'ouvrit. Marie-Amélie me décrivit sa tenue : bas noirs, guêpière et porte-jarretelles noir. Ce genre d'apparats m'avait toujours semblé artificiel et ne m'émoustillait donc pas. La jeune fille se mit alors à faire claquer les élastiques de son porte-jarretelles.

— Monsieur Buridan, j'aurais tant aimé que vous voyiez mes cuisses s'empourprer.

Je me représentais la lèvre supérieure duveteuse de Marie-Amélie Belbigote prononçant cette phrase. Un frisson courut tout le long de mon dos.

— Je vais prendre congé monsieur Buridan, mais sachez qu'une fois votre inhumation terminée, je vous consacrerai le reste de ma journée.

« *Ah oui ?* »

— Et savez-vous comment ?

« *Je m'en fous !* »

— En homme organisé et raffiné, vous aviez réservé hier une chambre d'hôtel pour nous, j'en ai l'intime conviction. Alors, je ferai la tournée des établissements luxueux et des refuges romantiques de la région. Dès lors que j'aurai trouvé celui que vous aviez choisi, j'y passerai la nuit, en pensant à vous.

« Tu pourras aussi toquer aux portes des bouges les plus crasseux ma jolie. Je n'avais fait aucune réservation. »

Marie-Amélie reboutonna son manteau et sortit de la pièce à petits pas de pingouin.

Visiteur n°6 : Esther Bonabouche

Esther avait opté pour une robe noire échancrée dans le dos et très décolletée. Les commentaires sur le sujet, faits à voix basse, avaient occupé les personnes patientant devant la chambre funéraire.

— Dès que monsieur Bineguebou nous a confirmé la rumeur qui bruissait depuis le début de la matinée, j'ai immédiatement songé à vous rendre hommage.

Alors qu'elle s'adressait à moi, j'avais la vision de la ligne parfaite dessinée par ses dents du haut. Il me tardait de savoir quelle forme pourrait prendre cet hommage. Je trépignais intérieurement à l'idée d'ouvrir furtivement les yeux pour capter quelques particules de sensualité parmi toutes celles qui dansaient autour d'Esther Bonabouche. Trop risqué.

— J'avais d'abord pensé poursuivre l'activité qui nous avait occupés jeudi dernier après la khôlle.

« *L'idée m'emballe au plus haut point mais j'ai compris à votre formulation que vous aviez une seconde proposition à me faire.* »

Pour le plaisir, je laissais courir mon imagination. Je me représentais Esther en train de se frayer un passage vers ma dépouille, écartant les vases posés au sol et le couvercle du cercueil. Alors qu'elle serait à l'œuvre, Walter Bonimenti serait entré. Devant la stupéfaction et les cris du directeur de l'établissement pour rameuter l'assistance, Esther se serait maladroitement défendue, répétant « Ce n'est pas ce que vous croyez ! » à la manière du célèbre tableau de Magritte « La trahison des images ».

L'initiative d'Esther aurait pu me permettre de revenir d'outre-tombe. L'opportunité était belle pour moi qui ne savais pas encore de quelle façon arrêter le simulacre dans lequel je m'étais lancé. Deux spasmes et trois toussotements et j'aurais feint de renaître au grand étonnement d'Esther, évidemment bouche bée, et de mes visiteurs rapidement alertés par les hurlements de la belle. Les scientifiques du monde entier auraient crié à la supercherie, arguant que la pratique de la demoiselle ne pouvait aucunement expliquer le réveil d'un mort, souhaitant éviter le lancement d'une mode macabre chez les veuves éplorées. Je projetais dans mon esprit les unes possibles des gazettes locales où s'étaleraient de multiples déclinaisons des mots « pompes funèbres ».

— Mais j'ai finalement choisi une autre option, me doucha-t-elle.

« *Oui, j'avais compris* », *rétorquai-je pour moi-même.*

— Ma dernière prestation au tableau a été marquée par mes lacunes en chimie.

« *Mince, vous vous adressiez jusqu'alors à l'homme et voilà que c'est maintenant le professeur qui se trouve devant vous.* »

— Hier, bouleversée par votre disparition, j'ai décidé de mémoriser l'intégralité de la classification périodique des éléments.

« *Exercice idiot et inutile !* »

— Je vais vous la réciter comme on récite une poésie.

« *Moment pénible en perspective ! Y a-t-il une chance que vous leviez la punition ?* »

Il semblait que non. Esther Bonabouche débuta sa litanie.

— Un l'hydrogène. Deux l'hélium. Trois le lithium. Quatre le béryllium.

« *J'aurais aimé que vous m'expliquiez la signification du numéro atomique plutôt que de le considérer comme un simple ordre de tri.* »

Sur ce stupide exercice d'énumération, feindre de revenir à la vie m'apparaissait plus malaisé que sur la première suggestion.

— Soixante-dix-huit le platine, soixante-dix-neuf l'or, quatre-vingts le mercure. C'est sur le symbole chimique de cet élément que j'avais buté en khôlle.

« *Oui... Allez, continuez... Evitons les digressions.* »

Esther poursuivait, accrochant parfois les noms qui se faisaient plus alambiqués et moins communs dans les manuels de chimie.

— Quatre-vingt-treize le neptunium, quatre-vingt-quatorze le plutonium.

« *Oui, sautons de planète en planète !* »

Esther s'entêtait dans son numéro de singe savant. Alors qu'elle entamait la dernière dizaine d'éléments, elle stoppa net.

— Cent huit le hassium, cent neuf ...

« *Ah ?* »

— Cent neuf ...

« *Arrêtez, je n'en peux plus. Je valide vos acquis. Stop !* »

— Pas de panique ! Je vais terminer la liste et je reviendrai sur le numéro 109 à la fin.

Elle procéda ainsi.

— Cent dix-sept l'ununseptium, cent dix-huit l'ununoctium. C'était le dernier !

« *Merci pour cet inventaire ! C'était palpitant !* »

— Cent neuf ... cent neuf ... répétait Esther. Je crains malheureusement que celui-ci m'ait définitivement échappé. Quel dommage !

« *Ne comptez pas sur moi pour vous souffler la réponse.* »

— Je vais quitter la pièce et laisser la place au suivant. J'espère que malgré cet oubli mon hommage vous a plu.

« *Non, c'était un supplice. La première option aurait eu une toute autre allure.* »

Je me remémorai une dernière fois la ligne parfaite de sa dentition. Un éclat de lumière sur une canine me rappela le tranchant de cette lame.

Visiteur n°7 : Monsieur Bineguebou

Il s'avança, d'une démarche raide. Ses yeux, cachés dans l'ombre de ses profondes orbites, lui conféraient toujours un air inquiétant.

— Abracadabra, souffla Bineguebou.

« *Ah! Le valet de Dracula me prépare un tour de passe-passe.* »

— Quelle prémonition …

« *C'est vrai que je vous avais annoncé ma mort, sous la forme d'une boutade.* »

— … Ou triste résolution!

« *Non Bineguebou, je ne me suis aucunement donné la mort … ou alors de manière temporaire.* »

— Nous avions pris date, me rappela le directeur.

Le géant aux sourcils broussailleux tira une enveloppe cachetée de la poche intérieure de son imperméable.

« *Oui* » , lui accordai-je, dans le but de deviser de la mauvaise influence que j'aurais exercée sur une étudiante sans que je ne sache encore laquelle.

— Tous vos aveux sont là! se réjouit Bineguebou en agitant l'enveloppe au-dessus de son crâne lisse.

« *Que les choses soient claires, rectifiai-je, vous m'aviez demandé de coucher sur le papier ce qui encombrait mon esprit tandis que nous nous trouvions dans votre bureau. Je suis resté factuel. Il n'est pas question de quelque aveu que ce soit. »*

— Voir la petite m'a attristé.

« *Laquelle ? Belbigote ou Bonabouche ?* »

— Hagarde, les yeux perdus, sa tête dodelinait.

« *Soit sa guêpière l'enserrait à lui couper le souffle, soit elle récitait sa classification des éléments, voilà tout.* »

— De toute façon, depuis hier, tout déraille !

« *Ah oui ? Qu'entendez-vous par "tout" ?* »

— La Mort planait sur l'école.

« *Vous m'en voyez désolé.* »

— Elle était là, presque palpable.

« *Ne versez pas dans le lyrisme non plus !* »

— L'ami était parti.

« *L'ami ? C'est à peine si vous me disiez bonjour lorsque nous nous croisions !* »

— La faucheuse aveugle !

« *Abandonnez le pathos ! Ouvrez l'enveloppe !* »

— Tombeau aride.

« *Là, je ne vous suisplus. L'image m'échappe.* »

— Barbarin !

« *C'est maintenant le mot lui-même qui m'échappe.* »

— Sentinelle terrassée.

« *Soyez plus explicite ! Est-ce bien de moi dont il est question ?* »

— Discret mais fidèle.

« *Mais encore.* »

— Barbarin, mon premier iguane, finit par lâcher Bineguebou.

Pour la seconde fois de la matinée, j'avais la désagréable sensation qu'un animal domestique me reléguait au second plan.

— Retrouver Barbarin inerte me ravagea.

« *Je le conçois fort bien. Chic type ce Barbarin !* »

— Tracas suivant, j'apprends votre mort !

« *Après Barbarin le héros, prière de faire une petite place au figurant Buridan.* »

— Ensuite, ici, je revois cette fille dévoyée, conclut Bineguebou.

« *Le sort s'acharne, effectivement* » me moquai-je.

— Les sévices subis sont décrits là dedans !

Il agita de nouveau l'enveloppe que je lui avais confiée la semaine passée. Au moins avais-je la certitude qu'il n'avait pas lu le billet qu'elle contenait.

« *Vous allez au-devant d'une grande désillusion, cher dirlo des Carpates !* »

Il fendit le papier très soigneusement et tira le bristol glissé à l'intérieur. Il découvrit alors ce qui occupait mon esprit au moment où je rédigeais cette ligne unique, ces quatre mots hypnotiques.

— C'est quoi cette grosse connerie ? fulmina Bineguebou.

« *Je comprends que cela puisse surprendre* » consentis-je.

— Quel rapport avec la fille ?

« *Aucun ! Mais je ne voyais que cela lorsque vous vous trouviez devant moi.* »

— Finalement, cela vous ressemble, conclut-il désabusé.

« *Oui, sous mon air sérieux, j'apprécie aussi la vérité nue et indéniable d'une phrase incongrue.* »

— Franc et irrévérencieux.

« *Oui, presque potache sur ce coup-là !* »

— Adieu Buridan.

Il glissa le papier cartonné sous le maigre bouquet de coquelicots abandonné sur mon torse par madame Balablan.

« *Bineguebou, vos iguanes se délectent de fleurs d'hibiscus. Je vous serais infiniment reconnaissant d'emporter ces coquelicots s'ils peuvent les contenter également. L'odeur commence à m'entêter.* »

Bineguebou ne tint pas compte de ma remarque puisqu'il ne l'avait pas entendue. Il quitta la pièce.

Chapitre 20
Dans trois minutes tout sera fini

Mardi 4 mai 2010 – 10h20 (épisode 20/24)

Dans le hall attenant au salon funéraire, l'attente s'organisait. Initialement, la fraîcheur du lieu et la solennité du moment avaient poussé à la retenue. Les discussions se faisaient à voix basse et les personnes présentes étaient restées dans leur cercle de connaissances. Au fil de la matinée, les groupes se mêlèrent, certains plus extravagants allèrent au contact d'autres plus inhibés pour échanger quelques anecdotes me concernant. Un joyeux brouhaha s'installa. Par petites grappes, mes visiteurs se rendaient à l'extérieur, au gré des besoins tabagiques. Walter Bonimenti et Childéric Balbussi se tenaient à l'écart, soulagés, hilares.

« Au final, il n'y avait rien à craindre de ce Buridan, sourit le stagiaire. En aucun cas il ne s'agit d'un espion d'envergure internationale ou d'un expert quelconque.
— Sûr ! valida Bonimenti. Je ne vois pas l'ombre d'une menace ici. C'est un ramassis de ploucs et de paysans dont

deux ou trois se sont costumés façon petit-bourgeois. »

Mais la fanfaronnade ne semblait pas avoir droit de cité à l'heure du recueillement. À peine les deux compères avaient-ils toisé et ma personne et tous ceux rassemblés pour me saluer une dernière fois qu'Esther Bonabouche sortit du salon funéraire. Elle venait de s'imposer son exercice de mémorisation lors duquel elle avait flanché sur l'élément chimique numéro 109. Cet oubli la perturbait encore tandis qu'elle se frayait un passage à travers les petits groupes occupés à discuter. Elle souhaita prendre ses aises et s'éloigna du rassemblement. Approchant de Bonimenti et Balbussi, elle parla pour elle-même.

« Je crois savoir, je vais de numéro en numéro, 107, je sais, 108, je sais, et 109, paf, je ne sais pas ! »

Les deux hommes, yeux écarquillés, échangèrent furtivement un regard inquiet à l'évocation du nombre 109.

« Pardon mademoiselle, réagit immédiatement Childéric, postulant que leur faible écart d'âge lui permettait d'interpeler la jeune fille sans éveiller la méfiance de celle-ci.
— Oui ?
— Vous savez à quoi correspond le 109 ?
— Non, j'aurais aimé ! En face du 109... rien... un trou... un grand vide. Mais dès la cérémonie terminée, je me pencherai sur la question et je découvrirai ce qui se cache derrière le 109 ! »

Childéric tourna subitement le dos à Esther Bonabouche et glissa à voix basse à Bonimenti.

« La fille ! Elle sait pour le caveau 109 ! »

Walter Bonimenti croisa le regard d'Esther au-dessus de l'épaule de Childéric. La jeune fille, hébétée quelques secondes, laissa ensuite les deux hommes à leurs messes basses.

« Nous nous sommes pourtant montrés très discrets sur le sujet ! s'agaça Bonimenti.
— Ils sont très forts ! concéda Childéric.
— Oui, ça grouille probablement d'agents secrets et de tueurs à gages ici.
— Regardez monsieur Bonimenti, le gaillard qui zyeute partout autour de lui. M'est d'avis qu'il n'a pas la conscience tranquille. »

L'homme désigné par Childéric était Alan Bernafon qui, se sachant recherché, distribuait les coups d'œil nerveux de tous les côtés.

« Et là, gamin, le balourd et le manche de pioche ! Ils ne se mêlent pas aux autres. Cette posture attentiste sent le mauvais coup à plein nez. »

Le duo repéré par Walter Bonimenti était composé de Boule et Brindille, les hommes de main de Bill'Boquet. Ils attendaient le moment opportun pour agir. La fin des visites au défunt marquerait à coup sûr un créneau intéressant pour surgir, casser la torpeur et embarquer ma dépouille devant l'assistance médusée. Les deux kidnappeurs concoctaient d'ailleurs leur plan à l'instant précis où Bonimenti les pointait du menton.

« Le mieux serait d'attendre la fin des visites, suggéra Boule.
— Et même plus, rétorqua Brindille. Après le passage de chaque proche auprès du corps, le responsable des pompes funèbres va nous rassembler dans le salon. Là, nous sera exposé le déroulement de l'enterrement. Et lorsque le cortège se formera en vue de gagner pédestrement le caveau ... crac ... nous attrapons le cadavre et nous prenons la poudre d'escampette.
— Cela me semble limpide. Au pire, si quelqu'un me demande ce que je fais, je prétends que je travaille ici et que je suis en charge d'amener le sieur Buridan jusqu'à sa dernière demeure.
— De même me concernant. Ou alors, nous prétextons que le fard du cadavre réclame une retouche avant d'effectuer le funeste trajet le menant vers la place de son repos éternel.
— En effet ! Pas d'inquiétude ! Le mélange de ta fantaisie et de ma verve amène la plupart du temps d'excellents résultats. »

Ce flot de louanges fut brusquement interrompu par le claquement de la porte du salon que monsieur Bineguebou, visiblement très irrité, avait projetée contre le mur en sortant de la pièce. Walter Bonimenti, occupé avec son stagiaire à lister les comportements suspects parmi les personnes rassemblées dans le hall, goûta peu le geste d'humeur de l'escogriffe aux sourcils broussailleux vers qui tous les regards convergeaient.

« Monsieur ! cria Bonimenti.
— Désolé ! lança haut et clair Bineguebou.
— S'il vous plaît ! Du calme ! le recadra Bonimenti.
— Petit litige ! se justifia Bineguebou.
— Je suis contrarié ! » poursuivit-il.

Personne ne comprit comment un litige avait pu naître entre un vivant et un défunt. Personne ne chercha à éclaircir le point non plus.

Childéric prit un air grave, planta son regard dans celui de Walter Bonimenti et balança doucement la tête de haut en bas.

« Je sens une tension monter dans l'air, expliqua le jeune homme.
— Les indices troublants se multiplient en effet, admit Bonimenti.
— J'ai un mauvais pressentiment !
— Tu as raison, appelle la police ! Explique-lui qu'il va y avoir du grabuge et qu'elle ne doit pas lésiner sur le déploiement des forces. »

Childéric s'exécuta, quittant la cérémonie pour trottiner vers les bureaux et attraper au plus vite le combiné d'un téléphone.

Il faut croire que le jeune homme ne s'était pas montré suffisamment persuasif ou qu'il n'avait pas su fournir assez d'éléments tangibles pour que son interlocutrice puisse établir le degré d'urgence exact de la situation.

« Je transmets tout de suite, lui répondit la standardiste du commissariat, nous déploierons les hommes en conséquence.
— Merci ! C'est rassurant de savoir que des renforts arrivent ! »

Childéric rapporta la bonne nouvelle à son patron.

En parallèle, au poste de police, deux agents furent priés de finir leur café et d'enfiler une chemise pour partir en intervention.

« C'est pour quoi exactement ? demanda l'un.
— Je n'ai pas vraiment compris, répondit la standardiste, une dispute lors d'un enterrement je crois.
— Ah ! Ca chipote autour du testament ! » trancha le second policier, embarquant ses deux acolytes dans un rire qui n'était caractérisé ni par sa retenue ni par sa finesse.

L'ennui commençait à me gagner. Les visites se sont enchaînées, plus ou moins plaisantes : d'anciens collègues de A Blue Chameleon, quelques élèves de l'école, une voisine de palier, des commerçants de mon quartier, le gérant du bistrot dans lequel je m'attablais souvent près de la cathédrale Saint-Etienne.

Je sus que le défilé dans cette salle, mue en confessionnal, était terminé lorsque j'entendis Bonimenti et son stagiaire échanger d'étranges répliques en traversant la pièce.

« Est-ce que je remplace les cierges ? s'enquit Childéric Balbussi.
— Non ! Faisons au plus vite. Ne laissons pas le temps à la situation de dégénérer, répondit Bonimenti.

« *Dégénérer ? m'étonnai-je. Précisez votre pensée, j'envisage difficilement qu'une quelconque tension ait pu naître entre les personnes ici rassemblées, surtout dans un contexte de recueillement.* »

— Ne vous inquiétez pas monsieur Bonimenti, la police sera bientôt là !

« *La police ? Qu'est-ce que c'est que ce délire ?* » tombai-je des nues.

Je repassai dans mon esprit le visage de chaque personne étant venue glisser quelques mots à mes oreilles. J'imaginai mal deux d'entre elles se quereller au point de faire intervenir les forces de l'ordre. Surtout que je n'avais entendu aucun éclat de voix venu de l'extérieur. Voilà qui m'embarrassait. Si je quittais mon rôle et m'extirpais de mon cercueil en présence de policiers, il est certain que je serais sommé d'apporter des arguments solides pour justifier mon geste. À la base, je souhaitais juste un enterrement à huis clos, les deux employés des pompes funèbres, mézigue et c'est tout ! Quel vent de folie a bien pu nous mener à une telle extrémité ?

« La flicaille arrivera probablement après la fin de la cérémonie, assura Bonimenti. Nous allons accélérer le tempo. Je m'engage devant toi à saluer le départ du dernier visiteur d'ici dix minutes. Nous jouerons sur du velours, en trois actes : petite allocution polie, puis "Merci", puis "Au revoir". Et au moins aurons-nous les mains libres pour gérer l'embarrassant paquet. Cette nuit, nous le porterons en terre et, après, je ne veux plus jamais entendre parler d'Anton Buridan.

« *Si je dois revenir vers vous pour dresser la liste de mes motifs de mécontentement, vous entendrez forcément parler de moi.* »

— Allez gamin, continua Bonimenti, fais entrer tout le monde ! »

Childéric ouvrit sur-le-champ les deux portes à double battant et invita chacun à pénétrer dans le salon funéraire. Quelques-uns obtempérèrent mais la plupart des personnes présentes poursuivaient leurs conversations, ne prêtant aucune attention à l'appel de Childéric.

« Messieurs, dames, rameuta Bonimenti, veuillez vous approcher ! Qu'on en finisse ! »

La formule malhabile créa un léger malaise qui aida à accélérer le remplissage de la salle. Le temps que les derniers entrants s'approchent du cercueil, Walter Bonimenti monta sur l'estrade nichée dans un coin de la pièce, à l'opposé des entrées. Il brancha un micro. Les haut-parleurs craquèrent une seconde.

« Vous m'entendez ? » lança Bonimenti dans le micro.

Il interrogea du regard Childéric qui leva un pouce pour lui signifier que c'était le cas.

« Vous êtes aujourd'hui tous venus honorer la mémoire d'Anton Buridan, rappela sentencieusement Bonimenti. Il aurait été touché de vous savoir tous unis autour de lui. C'est à coup sûr ainsi qu'il avait imaginé le déroulement de cette journée.

« *Non, à la base, je ne souhaitais pas convier qui que ce soit.* »

— Parti de rien et au prix d'efforts colossaux, il s'était bâti une situation enviable. Dans une démarche altruiste, il décida de transmettre aux autres, de leur apprendre comment avoir de l'emprise sur les choses. Il souhaitait plus que tout que ses disciples sachent placer leurs pions, méthodiquement, comme il le faisait lui-même sur un plateau de go.

« *Là, je valide vos propos.* »

Marie-Amélie Belbigote s'approcha doucement de Childéric, resté à l'écart de l'assemblée. Elle racla sa gorge pour qu'il décroche son attention de l'hommage rendu par Walter Bonimenti.

« Pardon monsieur, s'introduisit-elle.
— Oui. Que puis-je pour vous ? demanda Childéric.
— Je ne bois jamais de boissons alcoolisées et je souhaitais savoir si vous aviez prévu une alternative au champagne.
— Mademoiselle ! Voyez-vous un buffet dans cette salle ?
— Non.

— Pensez-vous fêter la remise de votre diplôme ?
— Non.
— Dans trois minutes tout sera fini et nous retournerons tous à nos vies respectives. Vous pourrez rentrer chez vous et boire du jus de goyave si cela vous chante. »

Vexée d'avoir été recadrée de la sorte, Marie-Amélie ne s'essaya à formuler aucune réponse. Si elle fut soulagée d'apprendre que la prestation orale de Bonimenti serait brève, elle s'étonna qu'un si court laps de temps, trois minutes, soit suffisant pour que le cortège se rende au cimetière et que l'enterrement de son ancien professeur se déroule avec les us en vigueur.

Alan Bernafon avait tendu l'oreille pour suivre la conversation et, même si la nouvelle le réjouissait, il envisageait difficilement aussi que la cérémonie puisse être pliée d'ici trois minutes. Aussi dût-il cacher son désappointement lorsque Candice, sa compagne qui se tenait juste à sa droite, leva la main pour demander à Walter Bonimenti la permission d'intervenir.

« Oui ? Madame ? interrogea Bonimenti.
— Simple curiosité, s'excusa-t-elle par avance, et je comprendrais aisément que vous refusiez de répondre, pourriez-vous nous informer quant à la cause du décès ?
— Je suis désolé madame, je suis tenu au secret médical. Je ne peux rien vous dire sur ce point. »

Désireux de venir au secours de son responsable, Childéric décida d'apporter sa contribution.

« La lettre de l'institut médico-légal, rédigée en espagnol, était truffée de termes techniques. Un vrai charabia ! Même si nous étions autorisés à le faire, nous aurions été dans l'incapacité de vous renseigner. »

Atterrée par cette remarque tout en franchise, l'assistance se tourna vers Bonimenti, en attente d'une explication de sa part. Chacun nota la moue très marquée sur son visage. Il se serait bien passé du complément d'information apporté par Childéric. Il décida donc de créer une diversion en tentant de mettre un terme à la cérémonie.

« Mesdames, messieurs, Anton Buridan aurait été très touché de vous savoir ici, tous à ses côtés. Je vous enjoins donc à le saluer une dernière fois avant de quitter les lieux. »

Une rumeur parcourut la salle.

« Et l'inhumation ? demanda Marie-Amélie à Bonimenti.
— Comment ça ? » feint-il de s'étonner.

Childéric rejoignit Walter Bonimenti sur l'estrade, sentant qu'ils ne seraient pas trop de deux pour faire face aux questions qui allaient bientôt fuser. Questions pressantes. Questions légitimes.

« L'inhumation n'aura-t-elle pas lieu aujourd'hui ? précisa Marie-Amélie.
— Je pensais que vous saviez, expliqua Bonimenti en parlant toujours dans le micro, Anton Buridan ne sera pas enterré. Dans ses dernières volontés figure le souhait d'être

incinéré et de voir ses cendres dispersées dans l'océan.
— Oui ! Dans l'Océan Atlantique ! Il a insisté sur ce point ! » compléta Childéric en se tordant le cou pour approcher sa bouche du micro, tel un canard tentant d'attraper un crouton.

Walter Bonimenti appréciait peu les excès de zèle du jeune homme qui s'évertuait à donner des détails dans ses réponses. Bonimenti était persuadé que rester le plus évasif possible dans ses propos évitait d'y embarquer des contradictions.

« Aux Bahamas ! C'est ce qu'il voulait ! Les Bahamas ! » rajouta le stagiaire.

Bonimenti posa une main sur l'épaule gauche de son apprenti et l'entraîna vers le fond de l'estrade, à bonne distance du micro. Walter chuchota à l'oreille du jeune homme, d'un ton sec.

« Abstiens-toi de donner des détails ! Arrête de croire que tu maîtrises la situation ! Je te rappelle, si cela est encore nécessaire, que c'est moi qui valide ton stage. »

Il avait échappé à Childéric que mentir en public serait une compétence sur laquelle il serait évalué.

« Triple buse ! poursuivit Bonimenti. Ne t'épanche pas ! Si tu cherches des volontaires pour t'accompagner et disperser les cendres avec toi, tu as choisi la bonne destination. Franchement ! Les Bahamas ! »

La tête baissée, penaud, Childéric s'approcha à nouveau du micro.

« La dispersion des cendres n'aura pas lieu aux Bahamas comme je vous l'avais initialement annoncé mais ... en Alaska, j'ai confondu les deux. »

Bonimenti ferma les paupières, consterné, pressentant la vive réaction de la foule. Mais non. Pas un bruit. Chacun restait interdit. Les deux hommes jonglaient avec les mots et improvisaient allègrement. Le spectacle était pitoyable.

Seul Bibi s'amusait en écoutant Walter et Childéric s'empêtrer dans leurs justifications. Il décida d'embrouiller davantage encore la pelote. Il leva la main par politesse et prit la parole sans y être invité.

« Mais si la dispersion des cendres est effectuée en Alaska, cela ira à l'encontre de sa volonté de reposer dans les flots tumultueux de l'Océan Atlantique », taquina-t-il l'apprenti.

Childéric toussota et réalisa trois pas en arrière afin de se rapprocher de Walter Bonimenti qu'il sollicita aussitôt.

« Auriez-vous une pirouette de langage à me proposer pour évacuer la question ?
— Non, tu te débrouilles. Oublie que je suis là ! »

Le jeune homme fit le chemin retour vers le micro.

« Bien ! Il faut croire qu'Anton Buridan était nul en géographie », lâcha-t-il pour expliquer l'incohérence.

Une vague d'indignation parcourut l'assemblée, accompagnée d'un « Ooooh » à l'unisson. Les personnes présentes savaient pertinemment que j'étais extrêmement cultivé et que la géographie était une de mes disciplines de prédilection. Pour ma part, je me délectais de chaque seconde passé en ce lieu. Bien loin de ce qui était programmé, la cérémonie s'avérait néanmoins plaisante et riche en rebondissements. La gaucherie du jeune stagiaire donnait une touche pétillante à ce moment de recueillement.

Walter Bonimenti décida de reprendre la main sur le déroulement de la célébration funèbre.

« Mesdames, messieurs, je vous propose de garder d'Anton Buridan l'image d'un homme brillant et discret. Son niveau de connaissances en géographie importe peu. Soyez certains, en regagnant la sortie, que ses dernières volontés seront respectées. Au revoir. »

Candice leva la main et rebondit sur les propos de Bonimenti.

« Justement, en parlant de "dernières volontés", savez-vous si monsieur Buridan a laissé un testament avant de passer à trépas ? Ne voyez là qu'une simple curiosité et en aucun cas une demande intéressée. »

Walter Bonimenti souffla ostensiblement, excédé par ces questions qui repoussaient sans cesse la fin de la cérémonie.

« Un testament ? Vous souhaitez savoir s'il a laissé un testament ? » reformula Bonimenti.

Au fond de l'estrade, une porte cachée par un rideau de velours s'ouvrit brusquement avant qu'une réponse à cette question ne puisse être donnée.

Chapitre 21
La cérémonie dérape : le fardeau

Mardi 4 mai 2010 – 11h17 (épisode 21/24)

Un homme aux cheveux gominés et tirés en arrière arracha le rideau et le jeta au sol. Une femme immense, à la carrure impressionnante, apparut à son tour dans l'encadrement de la porte. Jimmy Badeboye et Ornella Brizenuk venaient de lancer leur opération crapuleuse qui devait les voir emmener la dépouille d'Anton Buridan.

« Oui il y a un testament ! hurla Badeboye. Mais pour toucher sa part, il va falloir passer à la caisse avant ! »

Bonimenti, bien que lui rendant deux têtes sous la toise, bouscula Ornella Brizenuk et vint se coller contre Badeboye.

« Malandrin ! Je vais te faire passer le goût de semer le trouble ! » le menaça Bonimenti en lui attrapant le poignet gauche.

L'attaque prit une nouvelle tournure lorsque, de sa main restée libre, Jimmy Badeboye saisit une arme de poing coincée dans sa ceinture et tira deux coups en l'air. Des gerbes de particules de plâtre giclèrent du plafond. La poussière saupoudra l'assemblée que la panique avait jetée au sol. Les cris affolés des femmes furent brefs, l'angoisse nouant les gorges. Bibi fut le moins prompt à s'allonger sur le carrelage beige du salon, de par la raideur de ses articulations mais également parce qu'il était quasiment certain que cette intrusion faisait partie intégrante de ma performance. Marie-Amélie dut se rendre à l'évidence : monsieur Buridan était homme à côtoyer pour vivre des situations hors du commun. Alan Bernafon, joue collée par terre, ressassait la phrase de Childéric « dans trois minutes, tout sera fini », ce à quoi il n'avait jamais cru. Walter Bonimenti s'était liquéfié, abandonnant toute envie d'en découdre avec l'intrus. Boule et Brindille, allongés côte à côte, troquèrent une certitude contre un doute, en chuchotant.

« Aussi puissant qu'il puisse être, l'art du kêne-du ne peut lutter face à la fureur du feu et du métal, déroula Boule.
— Certes ! Restons sagaces ! approuva Brindille. Cependant un doute me taraude. Ce duo sans allure semble être le nouveau jouet de Boquet. Notre chef les aura envoyés pour nous doubler et commettre le rapt à notre place.
— Tu fabules mec ! Le chef n'a jamais trahi un de ses agents. Il a le respect des autres, grands et petits, puissants et sbires.

— Et ces deux gus ? Peux-tu me suggérer d'où sortent ces deux gus ?
— Il me semble que l'un d'eux est une femme ! Une immense femme !
— Et alors ? s'étonna Brindille. La présence d'une femme te permet d'assurer que ce duo d'un genre à part n'est pas sous les ordres de Boquet ?
— Négatif ! répondit Boule. C'était juste un détail que je tenais à rectifier. Mais tu sais que le chef déteste les armes à feu. Il n'aurait pas admis l'usage d'un pétard. Je te rappelle que le kidnapping de Buridan est un jeu, à la base, et ne nécessite pas d'arme. Ces deux-là ne blaguent pas. Ils viennent réellement dans le but d'emmener le cadavre de Buridan. »

Boule et Brindille avaient chassé les doutes. Dans mon cercueil, les yeux clos, j'étais donc le seul à ne pas être conscient de ce qui se tramait. J'ignorais si les détonations provenaient d'une arme à feu ou si l'homme qui avait fait irruption dans la pièce en braillant avait jeté des pétards. J'avais tressailli à chaque explosion. Personne n'y avait prêté attention puisque chacun avait les yeux rivés sur l'hurluberlu qui jouait de la gâchette. Si un massacre devait être perpétré en ce lieu, j'avais bon espoir d'en sortir indemne. J'imaginais en effet difficilement le forcené tirer sur un mort.

Jimmy Badeboye, d'un geste de la main, invita Ornella Brizenuk à le suivre. Ils enjambèrent les corps plaqués au sol et s'approchèrent de moi.

« Nous sommes venus chercher Anton Buridan, expliqua Jimmy. Aucune goutte de sang ne sera versée si personne ne cherche à jouer au héros, c'est compris les trous du cul ? »

Physiquement, l'épreuve devenait rude pour moi. Mes jambes s'engourdissaient. Mon cœur s'était emballé à la seconde où l'homme au langage familier avait surgi. Depuis, une lutte s'était engagée en moi tant je me languissais à l'idée de glisser un anxiolytique dans ma bouche. Le comprimé étant dans la poche intérieure de ma veste, tout proche, je me suis imaginé plusieurs fois m'en saisir d'un geste vif. Et je me ravisais la seconde suivante. Pour parachever le tout, une envie d'uriner commençait à poindre.

Mais ces tracas physiques furent balayés par la dernière déclaration de Jimmy : « Nous sommes venus chercher Anton Buridan ». Ces mots résonnèrent à mes oreilles. Des picotements parcoururent mes membres à une vitesse phénoménale pour finalement converger vers ma poitrine. Mes tempes et ma nuque fourmillaient d'excitation. Il me parut évident que les personnes qui souhaitaient récupérer mon corps étaient Boule et Brindille, hommes de main de Bill'Boquet.

Une répétition d'enterrement à l'insu des gens réunis ici, bafouant leur peine. Un rapt dont la cible et le commanditaire se confondent en une seule et même personne. Prise à part, chaque entreprise semblait déjà marquée du sceau de la folie, en contradiction avec toutes les règles morales qui dictent nos vies. Les voir se télescoper était une surprise inouïe et me mettait dans un état de jubilation extrême. J'avais envie de rire bruyamment et de hurler aussi. Mais je demeurais immobile, disposé à me laisser cueillir. Pendant quelques secondes, le seul bruit perceptible fut celui des sanglots étouffés de quelques femmes apeurées, plaquées au sol.

Un flot d'informations me revint soudainement à l'esprit, comme si un lutin espiègle et bienfaisant avait fait glisser le drap poussiéreux qui recouvrait un piano à l'abandon et se mettait à en jouer. Mon code désenchanteur tourna plusieurs fois dans ma tête. Il fallait que je me tienne prêt à dégainer le mot magique qui stopperait tout au cas où la terreur m'envahirait ou si les gestes se faisaient trop brusques. Je me remémorai également ce que m'avait dévoilé Stanley Bramanthombe : Boule n'utilisait jamais la lettre « O », Brindille snobait le « I ». Une caractéristique forte qui me permettrait d'identifier à coup sûr le binôme qui venait de pénétrer en force dans le salon funéraire.

« Allez ! Prends-le ! » ordonna Jimmy à Ornella.

« *Pas de "O", pas de "I."* »

Ornella obéit. Elle écarta le couvercle du cercueil qui claqua au sol avec grand fracas. Elle saisit, de sa pogne aux doigts gourds, le bouquet de coquelicots et le bristol de Bineguebou. Elle en fit un feu d'artifice. Les fleurs tombèrent au sol, éparses, et le billet cartonné virevolta, faisant danser le message « Votre braguette est ouverte ». Comment cela aurait-il pu ne pas focaliser mon attention alors que j'avais face à moi le directeur de l'école ?

Ornella m'enlaça, glissant un bras dans mon dos, plaquant une épaule sur mon torse. Elle m'extirpa du cercueil et me souleva, sans donner l'impression de forcer. J'étais là, sur l'épaule d'Ornella, comme une serviette de plage.

« Etrange, remarqua Ornella Brizenuk, le cadavre est détendu. Dans ma tête, je me représente un macchabée tel un paquet dur aux muscles glacés. »

« *Pas de "O", pas de "I."* »

Malgré sa voix rauque, je reconnus une femme. Boule et Brindille m'avaient été présentés comme des jumeaux. J'avais imaginé des hommes mais il n'était nullement exclu qu'il s'agisse en réalité d'un homme et de sa sœur. Cependant, l'idée d'être démasqué, l'air piteux, plié en deux sur l'épaule carrée d'une femme beaucoup plus épaisse que moi ne m'enchantait guère. Jimmy Badeboye vint heureusement à mon secours.

« As-tu déjà transbahuté un cadavre par le passé ?

« *Pas de "O", pas de "I."* »

— En aucun cas, répondit-elle, c'est un baptême. Ta remarque est juste.

« *Pas de "O", pas de "I."* »

— Ca va ? Pas surchargée ?

« *Pas de "O", pas de "I." Je jouais de malchance.* »

— L'énergumène pèse autant qu'un menu sac de plumes.

« *Pas de "O", pas de "I." Décidément !* »

— Allez, pria Jimmy, presse ta carcasse. Tu le mets dans la malle de la BM et tu sautes dedans. Après, tu m'attends.

« *Pas de "O", pas de "I." Cela devenait risible.* »

— Pas de lézard ! Et tu te dépêches ... Plus tu tarderas, plus le stress me gagnera.

« *Pas de "O", pas de "I." Cela tenait du miracle.* »

— Appelle-en au cran et à l'audace ! l'exhorta Jimmy. Chante une sérénade ! Recense les achats que tu t'apprêtes à effectuer avec le pèze versé par les péquenauds actuellement étalés par terre.

« *Pas de "O", pas de "I."Etait-ce vraiment le hasard ?* »

— Super ! s'enthousiasma Ornella. Je décampe sur-le-champ.

« *Pas de "O", pas de "I."Lorsque Stanley Bramanthombe m'avait exposé l'originalité du langage des jumeaux, il m'aurait peut-être mal expliqué ou j'aurais mal compris.* »

Ornella Brizenuk quitta le salon funéraire, traversa le hall d'entrée et nous nous retrouvâmes à l'air libre. J'ouvris les yeux, tentant de capter de petites parcelles de ciel bleu, évitant de poser le regard sur les lombaires de ma prédatrice. Sur le parking, nous approchâmes d'une vieille et massive BMW bordeaux dont Ornella ouvrit le coffre. Elle jeta mon corps à l'intérieur, sur le fond recouvert de toile de jute. Ma tête cogna contre un bidon d'huile et un mollet rencontra l'arête métallique d'un cric. Je serrai les dents. Et j'attendis de me retrouver seul, dans l'obscurité du coffre, pour expirer de longs et fins filets d'air et ainsi tenter d'évacuer la douleur.

À l'intérieur du salon dans lequel trônait mon cercueil vide, Jimmy Badeboye s'adressait aux hommes et aux femmes aux ventres collés au sol. Prostrés, ils écoutaient l'assaillant donner ses consignes. Entre chacune de ses déclarations, un silence abyssal envahissait la pièce. Ils supposaient que si personne ne venait perturber le scénario écrit par Jimmy, le cauchemar toucherait bientôt à sa fin.

« Vous savez ce qu'il manque ici ? lança Jimmy Badeboye.

La question n'appelait pas de réponse.

— Cela manque d'enthousiasme, fit-il remarquer.

La fragilité d'esprit de Jimmy n'avait échappé à aucun des occupants de la pièce mais personne n'entrevoyait ne serait-ce que le début de la démonstration qu'il s'apprêtait à dérouler.

— Alors, je me suis auto-proclamé responsable des cotillons.

Il plongea une main à trois reprises dans la poche de sa veste en skaï, en tira à chaque fois une pleine poignée de minuscules carrés de papier qu'il jeta en l'air. Ils retombèrent en une pluie lente et dansante.

— Sur chacun de ces cotillons, vous trouverez un unique numéro de téléphone. En l'appelant, vous rétablirez le contact avec moi. Je vous indiquerai alors le montant de la rançon et les modalités à suivre pour nous la remettre.

Jimmy continua à déballer les arguments comme s'il ne croyait pas lui-même à son stratagème.

« Anton Buridan vivant, vous auriez fait tout votre possible pour le libérer. »

Chacun interrogea sa conscience et répondit par la négative, ne se sentant pas assez proche de la victime ou n'ayant aucun fond disponible pour payer une rançon.

« Anton Buridan mort, vous devez mobiliser les mêmes moyens ! »

Tous s'étonnèrent que Jimmy Badeboye soit parti de ce postulat, ce qui constituait une erreur de logique manifeste. La rançon pour récupérer un corps sera forcément moindre que pour voir revenir un homme en vie. Voire, elle sera nulle.

« Ce numéro de téléphone sera opérationnel jusqu'à ce soir 22h00. Après, il sera trop tard. Je vous laisse vous organiser. Adieu. »

Cette dernière contrainte finit de convaincre les hommes et femmes à terre que les deux assaillants s'étaient encombrés d'un colis qui ne trouverait jamais preneur. Jimmy Badeboye détala vers la sortie et disparut. Hagards, les premiers à s'être remis debout vinrent en aide à ceux qui, traumatisés, se sentaient en sécurité collés au sol et peinaient donc à se relever.

Assise dans la BMW, Ornella Brizenuk fut touchée en apercevant, dans le rétroviseur central, le sourire de gamin accroché sur les lèvres de Jimmy alors qu'il courait vers la voiture. Un nuage de petits papiers blancs jaillissait et virevoltait derrière lui.

Les deux policiers dépêchés par le commissariat suite à l'appel passé par Childéric roulaient aussi vite que le leur permettait la Peugeot 505 sérigraphiée « POLICE » qui les transportait sur les lieux de l'intervention. C'est-à-dire lentement. Ils n'étaient pas inquiets quant à l'objet de leur mission, et n'avaient même pas l'esprit tourné vers celle-ci. Bien calé dans le siège défoncé par les années, l'agent Everett Boulmiche se tenait côté passager. Un thermos de café chaud à la main, il s'appliquait à remplir deux gobelets sans verser une goutte à côté. Derrière le volant, Danilo Bacchanti lissait machinalement son épaisse moustache brune. À peine avait-il porté à sa bouche la boisson servie par Boulmiche qu'il pesta.

« Peeuh ... Il est dégueulasse ce café !
— C'est le chef qui l'a préparé, se défendit Everett Boulmiche.
— Cela ne m'étonne pas ! Bon-à-rien le mec ! Est-ce que tu pourras me le sucrer ? »

Tout en contentant au mieux son collègue, il poursuivit la discussion en usant d'une transition qui ferait sa fierté pour la décennie à venir.

« En parlant de "chef" et de "sucrer", savais-tu que le chef avait annulé mes congés pour le début du mois d'août ?
— Mince ! Tes projets tombent à l'eau ?
— Carrément ! Je voulais d'ailleurs savoir si tu pouvais éventuellement me dépanner en reprenant ma réservation d'un chalet à Gruissan. La première semaine d'août.
— Sûr que non ! Je vais rendre visite à ma famille à La Spezia, tout le mois d'août.
— Ah ? La Spezia ? Où est-ce que cela se trouve ?
— Près de Pise », précisa Bacchanti.

Boulmiche décida de s'incliner. Il ne situait pas plus Pise que La Spezia. Il se tut.

Le moteur fatigué tirait péniblement la Peugeot lorsque celle-ci quitta la route pour s'engager dans l'étroite allée, un arc goudronné, qui permettait d'accéder au parking de la maison funéraire. Au même instant, la BMW des deux kidnappeurs s'engouffra à l'autre extrémité du chemin, à vive allure. La voiture occupait toute la largeur de la voie. Jimmy évitait ainsi de rouler trop près des accotements meubles à l'herbe grasse. Il fut surpris de voir surgir une calandre face à lui et écrasa la pédale de frein. Les pneus crissèrent. La voiture de police stoppa également. Mollement. Le trouble causé par le freinage d'urgence passé, la vue d'un gyrophare et de l'inscription « POLICE » sur le capot de la voiture leur faisant face provoqua chez Jimmy et Ornella un violent soubresaut.

« Qu'est-ce qu'on fait ? demanda Ornella.
— Comment ça "qu'est-ce qu'on fait ?" ? Rien, il nous faut garder l'air naturel, conseilla Jimmy.
— On a quand même un corps dans la malle.
— Mais nous n'avons pas tué ce type !
— Je le sais bien, rétorqua Ornella, mais on fait du recel de cadavre. Et on n'a aucune idée de la cause de sa mort. Comment vas-tu expliquer à la police le cratère de neuf millimètres dans la nuque ou le coup de poignard dans le cœur ?
— Pourquoi dis-tu "Comment vas-tu... Nous sommes dans la même galère me semble-t-il. Alors, s'il te plaît, rectifie en disant "Comment allons-nous..." »

Ornella ne répondit pas. De l'index, elle pointa la vitre dans le dos de Jimmy Badeboye. Il tourna la tête. Danilo Bacchanti se tenait là, à l'extérieur, collé contre la portière. Effectivement, c'est bien Jimmy qui s'apprêtait à répondre seul aux premières questions. Il tardait à baisser la vitre. Bacchanti, penché en arrière avec une allure nonchalante singulière, tenait son gobelet de café dans la main droite et toqua à la vitre de l'index gauche. Puis, il coinça son pouce dans sa ceinture et regarda Jimmy de coin, à la façon d'un cow-boy défiant un adversaire potentiel. Jimmy fit glisser la vitre.

« Bonjour. Qu'est-ce qui se passe ici ? demanda Bacchanti.
— Bonjour monsieur l'agent. J'aimerais savoir ce qui se passe ! Ce que je vois c'est que vous barrez la route alors que nous étions sur le point de quitter les lieux, mon amie et moi !
— Vous partiez précipitamment il me semble.
— Il est vrai ! C'est que ... la cérémonie était d'un ennui !
— Mortel ? osa l'agent.
— Très drôle ! Très fin ! mentit Jimmy. Sur ce bon mot, nous allons vous laisser. Bonne journée.
— Attendez ! Nous avons été appelés. Je suppose que ce n'est pas sans raison. Nous avons eu vent d'une rixe. Auriez-vous connaissance d'un différend concernant l'héritage ? Un tonton éméché aurait-il levé le ton ?
— Non, rien de tout cela. Pas que je sache en tout cas. »

L'agent Bacchanti se courba et s'adressa à Ornella Brizenuk.

« Et vous mademoiselle ? Avez-vous remarqué une situation anormale ?
— Elle ne vous répondra pas », coupa Jimmy, Ornella est muette.

Ce qu'ignorait Jimmy Badeboye, c'est que le fait d'avoir été interrogée par un homme en uniforme, porteur d'autorité, avait fait basculer Ornella Brizenuk dans une autre dimension. Ses tempes avaient vibré, ses oreilles bourdonnaient et toutes ses réflexions et ses pensées tendaient vers un unique but : fournir une réponse neutre et creuse qui puisse contenter le policier. Ornella n'avait donc pas prêté attention au personnage que lui proposait d'interpréter Jimmy en vue d'abréger la discussion.

« Non monsieur l'agent, répondit Ornella, en excluant le bouquet de coquelicots posé sur le corps du défunt, le reste était d'une banalité affligeante.
— Muette... muette... c'était une image, expliqua Jimmy. Disons qu'à l'accoutumée elle n'aime pas parler. »

Mais l'agent Bacchanti s'était redressé sans écouter les justifications vaseuses de Jimmy dont la parole avait dès lors perdu une bonne part de son crédit.

« Bravo ! Vraiment ! Bravo ! pesta Jimmy à l'encontre d'Ornella.
— Qu'y a-t-il ? demanda-t-elle, étonnée. Penses-tu que j'aurais dû éviter de parler des coquelicots ? »

D'un geste de la main, Danilo Bacchanti sollicita la venue de son collègue, resté dans la voiture. Everett Boulmiche déposa son beignet à la confiture de mûres sur le tableau de bord et se dégagea de l'habitacle avec difficulté avant de rejoindre Bacchanti.

« Note pour plus tard Danilo ! lâcha-t-il en souriant. Il faudra nettoyer l'intérieur de la Peugeot. Je viens de poser à l'instant mon beignet sur une surface crasseuse, j'en ai encore un haut-le-cœur.
— Plus tard Everett, tu veux bien ? »

Devant l'air sérieux de Bacchanti, l'agent bedonnant oublia sa friandise.

« Ca y est ? questionna Boulmiche. Tu as mis la main sur les fauteurs de trouble ?
— Je ne sais pas encore, tempéra Danilo Bacchanti, mais il semblerait que ce monsieur ne soit pas contre un arrangement avec la vérité. »

Boulmiche se dressa sur la pointe des pieds pour chuchoter à l'oreille de son collègue « Il a une tête de fripouille. » Bacchanti en convint mais décida de partir en quête d'éléments plus tangibles avant de déterminer si, oui ou non, les occupants de la BMW avaient commis quelque acte répréhensible.

*

Le coup de frein extrêmement sec de Jimmy Badeboye m'avait projeté vers le fond du coffre, contre la cloison qui donnait sur le dossier de la banquette arrière. Je ne comprenais pas ce qui se tramait. D'abord ce freinage violent. Puis cette discussion qui se tenait sans que je ne réussisse à en saisir la teneur ou même à discerner un seul mot, les sons me parvenant étant sourds et étouffés. Un sourire se colla sur mes lèvres en songeant à la loyauté de William Boquet. Unis, les membres de l'équipe de Bill'Boquet avaient tout mis en œuvre pour respecter le contrat, malgré la mort de leur client. Ce faisant, ils avaient permis mon évasion. Spectaculaire et salvatrice. J'allai fouiller au fond de ma poche et j'avalai enfin l'anxiolytique tant attendu.

*

Devant le bâtiment, l'assemblée se reformait. Un par un, chacun sortait du salon. Tous et toutes à la recherche de l'air frais, désireux de crever le plafond qui se trouvait au-dessus de leurs têtes. Choqués, ils erraient, tournaient sur eux-mêmes. Les plus fragiles gagnaient la sortie soutenus par d'autres, moins marqués. Ces marches lentes se terminaient le plus souvent par de longues accolades. Certains hommes, moins traumatisés, scrutaient la scène qui se jouait, à cent mètres d'eux, entre les deux policiers et les fuyards à la BMW. Tous se gardèrent d'aller interférer, préférant rester à bonne distance. S'ils tenaient debout et parvenaient à se raccrocher au réel, c'est que ces hommes avaient chacun un cap à tenir, un point d'horizon dont ils ne détachaient pas le regard. Boule et Brindille, emplis de frustration après n'avoir pas pu mener à bien la mission qui leur avait été confiée, étaient passés au-dessus de la peur. À peine sortis, ils longèrent le bâtiment, disparaissant à la vue des autres. En courant, ils traversèrent la large plate-bande de gazon, l'allée de cailloux noirs, la piste cyclable déserte avant d'atteindre la contre-allée dans laquelle Brindille avait garé leur camionnette, une estafette peinturlurée barrée de l'inscription « FLEURISTE ». Brindille s'installa derrière le volant, Boule monta à l'arrière et, debout, s'installa à l'abri d'une vitre sans tain. De là, les deux hommes étaient les témoins privilégiés des deux tableaux : le rassemblement des visiteurs hallucinés d'Anton Buridan d'un côté, le barrage policier de l'autre. Walter Bonimenti et Childéric Balbussi se tenaient côte à côte, heureux d'assister à l'intervention des forces de l'ordre.

« Restons là, glissa Walter à son apprenti.
— Oui, ils finiront forcément par trouver le corps. Ils n'ont pas besoin de nous.
— Ne perdons pas de vue ce vers quoi nous devons désormais tendre : terminer la cérémonie le plus dignement possible.
— Oui. Dans trois minutes tout sera fini. »

Alan Bernafon se retourna et considéra dédaigneusement le jeune homme qui s'était essayé à la même prédiction plus tôt dans la matinée, présage qui s'avéra calamiteux. Alan, homme en cavale, sursauta en apercevant la voiture de la maréchaussée. Il trouva vite des raisons de se rassurer. Les deux agents fouilleraient bientôt la BMW et dénicheraient de quoi s'occuper pour les jours à venir. Il leur était donc inutile de s'intéresser aux autres personnes présentes sur les lieux. Son égo permit également à Alan d'éteindre ses craintes naissantes. Il avait en effet une image assez nette de son arrestation si celle-ci devait survenir un jour. Seraient mobilisés dix ou douze hommes en armes portant des casques et des plastrons épais, trois ou quatre tireurs d'élite qui l'auraient en ligne de mire et, au final, leur chef, un petit bonhomme en gabardine viendrait, sourire narquois aux lèvres, mettre un terme à sa cavale en bouclant sur ses poignets des menottes dont le cliquetis évoquerait en lui le bruit d'une médaille accrochée sur une poitrine pour le remercier d'avoir pêché un gros poisson.

Aujourd'hui, un grand sec à moustache et un petit à bedon rond, avec des chemisettes mal repassées, s'activaient pour résoudre une affaire de piètre envergure au regard de son arnaque financière intercontinentale. Alan Bernafon avait beau se voir en géant, le duo, incarnation moderne des plus célèbres héros de Cervantes, n'était assurément pas venu le combattre.

*

Bacchanti avait le sentiment que Jimmy Badeboye et Ornella Brizenuk n'étaient pas sereins, sans réussir à déterminer pour quelle raison. Il décida de bousculer les deux compères.

« Sortez de la voiture, s'il vous plaît, exigea Bacchanti.
— Cela tombe mal, protesta Jimmy, nous sommes pressés.
— Je risque de vous retarder davantage encore si vous n'obtempérez pas tout de suite, insista le policier, sortez et rejoignez mon collègue. »

Bacchanti fit signe de la main à Boulmiche, lui demandant de se placer derrière le véhicule. Il souhaitait disposer de suffisamment d'espace pour improviser un interrogatoire impliquant quatre personnes.

« Il vaut mieux tout dire, souffla Ornella avant de sortir de la BMW, si nous avouons, la peine sera beaucoup plus clémente.
— Jamais ! enragea Jimmy. Tu me laisses parler. Je contrôle la situation. »

Les deux agents et les deux suspects se tenaient contre le coffre. Il m'était cependant toujours impossible de suivre la discussion.

«Allez ! Ne perdons pas de temps ! Mettez-vous à table ! conseilla Bacchanti, en pleine esbroufe.

— Qu'est-ce que je te disais ? clama Ornella. Ils savent tout !
— Je n'ai pas compris, intervint Everett Boulmiche, sur quel point attendons-nous des aveux Danilo ? »

L'agent Bacchanti et Jimmy Badeboye durent se rendre à l'évidence : leur binôme respectif n'était pas d'un soutien indéfectible. Ils ne comptèrent donc que sur eux-mêmes pour se lancer dans une joute verbale de haut vol.

« En effet, nous savons tout, insista Bacchanti en reprenant la formule d'Ornella.
— Mais si vous savez tout, pourquoi souhaitez-vous que nous parlions ? Qu'avez-vous besoin d'entendre ? s'amusa Jimmy.
— Je connais les grandes lignes mais j'aimerais connaître les détails, se justifia Bacchanti.
— Arrêtez vos calembredaines, riposta Jimmy, vous prêchez le faux et vous espérez que je prenne peur et que je déballe tout !
— Pourquoi prendriez-vous peur si vous n'avez rien à vous reprocher ?
— Ne parlez pas pour moi ! C'est agaçant ! Je n'ai jamais dit que je n'avais rien à me reprocher.
— Ah ah ! Voilà qui est intéressant ! Avez-vous à votre actif un méfait que vous gardez secrètement enfoui ?
— Non. Aucun. »

Le policier frotta sa moustache, se tourna vers Ornella Brizenuk et décida de continuer son travail de sape sans être certain d'obtenir un résultat satisfaisant.

« Et vous mademoiselle ? Souhaiteriez-vous décharger votre conscience d'un quelconque acte crapuleux ? Cachez-vous un cadavre dans le placard ? »

Ornella redressa la tête et se crispa en entendant le mot « cadavre ». Le sens de la dernière question de Bacchanti lui avait échappé. Elle ne comprenait pas quel était ce placard évoqué par l'agent. Déstabilisée, elle ne répondit pas et resta, prostrée, le regard accroché sur le coffre de la BMW. Jimmy Badeboye remarqua, avec effroi, que sa comparse, de par sa posture figée, désignait l'endroit qui renfermait l'objet de leur méfait.

« C'est une expression, Ornella, une expression ! » débita Jimmy avec une précipitation suspecte.

Mais il était trop tard. L'agent Bacchanti avait noté le regard fixe sans ambiguïté de la jeune femme.

« J'ai toujours trouvé très pratique ces voitures avec de grandes malles à l'arrière ! » lança-t-il, triomphant.

Cette déclaration d'amour pour les coffres volumineux ne provoqua aucune réaction chez Ornella. Au contraire, lui, Jimmy plaqua les paumes de ses mains contre son visage et les glissa ensuite sur son crâne pour peigner ses cheveux vers l'arrière, y retrouvant quelques miettes de plâtre, projetées alors qu'il avait tiré en l'air au tout début de l'assaut du salon funéraire.

« C'est vrai, confirma Everett Boulmiche, la semaine dernière j'ai aidé mon beau-frère à déménager une commode avec sa petite voiture japonaise et c'était une galère sans nom. Une voiture comme celle-ci aurait été beaucoup plus adaptée. »

Bacchanti soupira et, ironique, remercia Boulmiche d'avoir partagé avec eux cette savoureuse tranche de vie et réitéra sa question à Ornella.

« Cachez-vous un cadavre dans le placard ? »

Ornella Brizenuk pivota lentement la tête et vint planter son regard dans celui de Bacchanti.

« Pas dans le placard », corrigea-t-elle.

Le policier afficha un large sourire, montrant toutes ses dents sous sa moustache noire. Il s'avança, écarta Ornella d'une main, Jimmy de l'autre et vint se coller contre le coffre, se plantant juste au-dessus de l'attache caravane. L'issue semblait ne plus faire de doute.

Les hommes et les femmes rassemblés devant le bâtiment où était exposé le cercueil demeuraient silencieux. De loin, ils assistaient à la scène, suivant chaque geste, chaque déplacement des quatre protagonistes mais n'avaient évidemment pas connaissance de la teneur des échanges. Voir Danilo Bacchanti s'approcher du coffre de la BMW laissait néanmoins entrevoir à tous le dénouement imminent de l'affaire qui avait fait virer leur matinée au cauchemar.

« Attendez ! cria Ornella.
— Qu'y a-t-il ? demanda Bacchanti.

— Si je vous fais un aveu, cela peut-il alléger une éventuelle peine ?
— Bien sûr ! Vous êtes une muette bien loquace finalement ! se moqua gentiment le policier, faisant référence au mensonge de Jimmy, quelques minutes plus tôt.
— Je ne l'ai pas tué ! » lâcha Ornella, laconique.

Les deux agents ignoraient de qui il était question mais avaient acquis la certitude qu'ils trouveraient un macchabée dans le coffre de la BMW. Bacchanti se tourna vers Jimmy Badeboye.

« Si ce n'est elle, c'est donc vous l'assassin ? déduisit Bacchanti.
— Faux ! répondit Jimmy, cinglant. Je vous trouve bien hâtif dans vos conclusions. Faut-il forcément un meurtrier ?
— Chouette ! s'amusa le policier en tapotant sur le coffre de la voiture. Si personne ne l'a tué, celui ou celle qui se trouve là-dedans est en vie et attend juste d'être libéré. »

Ornella et Jimmy décidèrent de laisser Danilo Bacchanti fanfaronner. La réalité du scénario était tellement invraisemblable qu'ils excusaient le policier de ne pas l'avoir envisagée. L'enquête finirait par démontrer qu'ils n'avaient fait que dérober le cadavre mais qu'ils n'étaient pour rien dans la mort du pauvre homme.

Dans l'obscurité du coffre, je venais de prendre la décision de mettre un terme à ma farce. J'étais heureux et très reconnaissant envers ceux que j'imaginais être Boule et Brindille. Ils m'avaient sorti du cercueil et m'avaient amené bien à l'écart du salon funéraire, du moins le croyais-je, et cela me contentait largement. Les bruits sourds de la discussion avaient enflé et je savais dès lors que les personnes qui échangeaient s'étaient approchées du coffre. Je ne parvenais toujours pas à comprendre ce qui se disait. Quelqu'un avait ensuite toqué sur la carrosserie au-dessus de moi. L'ouverture du coffre était imminente. Je répétai en chuchotant mon code désenchanteur. Je m'apprêtai à le hurler en bondissant de ma geôle éphémère.

Chapitre 22
La cérémonie dérape : le revenant

Mardi 4 mai 2010 - 11h31 (épisode 22/24)

« Qu'est-ce qu'ils fabriquent ? s'agaça Boule les yeux fixés sur la scène qui se déroulait à l'arrière de la BMW.
— Ne me le demande pas, répondit Brindille. J'observe autant que je le peux et tout ce que je remarque c'est que ça bavasse. De la parlote, de la parlote et personne n'ouvre le coffre. »

Boule, à l'arrière de la camionnette, tenta de retenir un cri de douleur et se mit à grommeler.

« Vraiment Brindille, j'aime l'idée d'entrer dans la peau d'un autre, de me déguiser en vue d'une filature mais tapisser l'intérieur du van avec des branches de pyracantha et installer des étagères remplies de guirlandes de gui, était-ce réellement nécessaire ?
— Désolé Boule, c'est pour mettre en place une atmosphère. Nous sommes censés vendre des fleurs. Alors

l'estafette déborde de fleurs, c'est tout naturel.
— Je veux bien entendre ce que tu me dis mais tu parles d'une planque ! Quand même, tu aurais pu t'abstenir de revêtir entièrement le cadre de la vitre sans tain avec des branches épineuses. »

*

C'est avec beaucoup de désinvolture que Danilo Bacchanti s'apprêtait à ouvrir le coffre de la BMW bordeaux. Le gobelet de café tiède dans la main gauche, il actionna la poignée du coffre de sa main restée libre. Jimmy Badeboye et Ornella Brizenuk se savaient perdus. Pour ma part, je me préparais à bondir. J'avais fait ce choix et je ne pouvais plus renoncer. À peine la porte du coffre fut-elle entrebâillée que je me redressai, forçant l'ouverture de celle-ci. Je me retrouvai debout dans le coffre, les bras levés en V, hurlant mon code désenchanteur.

« Topinambour ! Topinambour ! Topinambour ! »

Les agents Bacchanti et Boulmiche furent surpris de voir un homme, en costume, le visage couvert de poudre de riz, bondir et vociférer. Ils reculèrent de trois pas, Bacchanti renversa le contenu de son gobelet sur sa chemisette, Boulmiche ne souilla que le bout de ses mocassins en lâchant le sien. L'émotion qui étreignit les autres alla au-delà de la stupeur. Sous leurs yeux, je revenais d'outre-tombe, le fait que je scande le nom d'un tubercule restant anecdotique. J'allais à l'encontre de l'ordre logique et naturel des choses. Ils auraient été moins choqués s'ils avaient été témoins de mon assassinat. Le temps n'existait plus. Une onde invisible courut du coffre de la voiture jusqu'au salon funéraire. Une vague impalpable dont la masse percuta tous ceux qui se trouvaient sur son chemin. Ornella s'assit sur le sol, puis s'allongea. Jimmy s'accroupit, maintenant son équilibre en appuyant ses poings sur le bitume. Devant le salon, tous s'agenouillèrent à l'exception de Bibi, hilare, qui scrutait avec gourmandise la réaction de chacun. Les femmes poussaient des cris suraigus. Marie-Amélie Belbigote s'étrangla à en vomir. Walter Bonimenti, comme il l'avait laissé entendre à son apprenti, s'employait surtout à rester digne. Bacchanti et Boulmiche se retournèrent, effarés par le tumulte provoqué par ce qu'ils imaginaient être une mauvaise blague de ma part. Cela tournait à l'hystérie collective. Les jambes flageolantes, la plupart des spectateurs se déplaçaient à genoux ou se roulaient au sol, en pleine crise de nerfs.

Je venais de revenir à la vie, de passer l'arme à droite. En quelques minutes la foudre avait frappé deux fois au même endroit.

« Les gens sont bien émotifs ! s'étonna Bacchanti auprès de son acolyte.
— Oui, ils deviennent fous ! Qu'est-ce qu'il leur prend ? demanda Boulmiche.
— Ils ont eu peur. Je le comprends mais je trouve leurs réactions exagérées.
— Nous sommes policiers, c'est normal que nous soyons moins effrayés qu'eux. »

Il était fréquent que les discussions auxquelles prenait part Boulmiche se terminent sur une remarque de celui-ci.

L'agent Boulmiche était coutumier des petites phrases confondantes de bêtise et de naïveté mêlées, sur lesquelles il était impossible de rebondir.

Danilo Bacchanti m'invita à descendre de ma tribune improvisée tout en aidant Jimmy Badeboye à se relever. Everett Boulmiche, avec énormément de difficultés, soutint Ornella alors qu'elle se redressait, s'agenouillait et se mettait debout.

« C'est moi ! Anton Buridan ! me présentai-je à mes deux kidnappeurs.
— Connaissez-vous cet homme ? » demanda Bacchanti en s'adressant à Ornella et Jimmy.

Les gredins, encore choqués, yeux mi-clos et dents serrées, ne lâchèrent pas un mot.

« Et vous, m'interrogea-t-il, savez-vous qui sont ces deux crapules ?
— Boule et Brindille de Bill'Boquet ! répondis-je sans hésiter.
— Boule ... et brindille ... de bilboquet, répéta le policier sans réussir à déchiffrer le sens de la phrase.
— Je m'attendais à deux hommes. Mais je suppose que l'on peut appeler « jumeaux » un homme et sa sœur.
— Des jumeaux ? s'étonna Bacchanti en dévisageant Ornella et Jimmy.
— Oui ! Des jumeaux !
— Et quand vous dites "je m'attendais à deux hommes", que sous-entendez-vous ?
— Cela signifie qu'ils sont animés par une indéfectible

loyauté. Pour ma part, j'avais complétement oublié ce kidnapping.
— Vous attendiez-vous à être enlevé ?
— Oui. Mais je ne savais pas quand.
— Aviez-vous reçu des menaces ?
— Pas le moins du monde !
— Comment aviez-vous pris conscience que vous étiez une cible potentielle ?
— J'ai payé !
— Extorsion de fonds ! C'est très grave ! cria Bacchanti à cinq centimètres du visage de Jimmy Badeboye tout en continuant à le soutenir par l'épaule.
— Non, rectifiai-je, j'ai payé pour être enlevé. »

Ornella émit un léger râle et Jimmy se racla la gorge. Bacchanti ne parvenant pas à assembler mes différentes réponses pour constituer un ensemble cohérent, il espérait vivement que les deux malfrats sortent rapidement de leur torpeur pour apporter de nouveaux éléments à son début d'enquête.

« Ce gus vous a vraiment payé pour organiser un enlèvement bidon ? demanda Bacchanti à Jimmy Badeboye.
— Pas du tout ! tempêta-t-il, retrouvant une soudaine ardeur, pendant qu'Ornella disait "non" de la tête.
— Mais si ! insistai-je. J'étais volontaire pour me faire kidnapper. Tout ceci n'est qu'une mise en scène ! Un jeu !
— C'est vrai ? » demanda Danilo à Jimmy.

Jimmy Badeboye, après avoir nié, se ressaisit et vit en mon personnage d'otage conciliant une opportunité à ne pas manquer. Ornella, tête baissée, continuait à secouer la tête pour marquer mollement son désaccord. Finalement, Jimmy confirma mes dires avant de sortir un chapelet de reproches envers l'agent.

« C'est exact mais votre intervention sauvage, monsieur l'agent, votre volonté farouche de nous humilier et de voir le mal là où il n'est pas a fini de ruiner le scénario bien huilé de ce rapt commandé par monsieur Buridan.
— Vous m'en voyez désolé », s'excusa Bacchanti, les paupières basses.

Jimmy jubilait. Ravisseur pris en flagrant délit, voilà qu'il tançait l'agent qui l'avait coincé, l'alibi lui ayant été fourni par la victime du rapt. Situation surréaliste. Je décidai de modérer les propos de Jimmy Badeboye afin que l'agent, qui ne faisait finalement que son métier, ne culpabilise pas trop.

« Ne vous inquiétez pas monsieur l'agent, vous n'avez rien fait capoter. J'avais décidé de crier "Topinambour" quoi qu'il advienne.
— Ah ! Vous aviez décidé de crier to ... pi ... nam ... bour », bredouilla-t-il, les méninges comme aspirées par un trou noir.

L'agent Bacchanti recouvra vite ses esprits et décida de définir clairement le rôle de chaque acteur de ce jeu insolite et les liens qui nous unissaient.

« Mademoiselle, connaissez-vous monsieur Buridan ? demanda-t-il à Ornella.
— Oui et non, répondit-elle en levant enfin la tête.

— Monsieur, connaissez-vous monsieur Buridan ? reprit-il à l'attention de Jimmy.
— Couci-couça », lâcha-t-il en balançant sa main devant lui.

« Oui et non. » « Couci-couça. » Je répétai intérieurement ces brèves répliques à plusieurs reprises. Je compris alors que les deux individus aux airs patibulaires qui me faisaient face ne travaillaient pas pour le compte de Bill'Boquet. Ou alors, il ne s'agissait pas de Boule et Brindille.

« "Oui et non", j'y trouve un "O" et un "I." "Couci-couça", j'y trouve un "O" et un "I" », déclamai-je.

Bacchanti me fixa, inquiet de découvrir ce qui pouvait se cacher derrière cette nouvelle incantation de ma part.

« Ecoutez, se fâcha-t-il, tout le monde va devoir faire un effort et arrêter de parler par énigmes. C'est incompréhensible. J'ai un rapport à faire moi !
— Oui, surenchérit Boulmiche, votre baratin ça suffit ! Je ne comprends rien et pourtant je suis loin d'être stupide ! »

*

« Si un seul de vous s'approche, je lui explose la cervelle ! »

Cette tirade digne d'un gangster dénué d'imagination avait été hurlée par Alan Bernafon. Comme Bibi, il était resté debout. Alan Bernafon n'avait jamais cru à ma résurrection. Il avait immédiatement songé à une mise en scène. Se sachant recherché, il était habité par un profond sentiment de paranoïa. Dès lors, il imaginait que tout gravitait autour de sa personne.

Lorsque j'avais jailli du coffre de la BMW en criant mon code désenchanteur, il avait flairé le guet-apens. Il avait imaginé une trentaine d'hommes, peaufinant un plan depuis des semaines, des mois, des policiers et des militaires travaillant en bonne intelligence pour monter l' « Opération Topinambour » ayant pour but son arrestation. Nous voyant tous les cinq (les agents Bacchanti et Boulmiche, les petites frappes Badeboye et Brizenuk et moi-même) en train d'échanger depuis de longues minutes en cercle serré, Alan Bernafon se persuada que nous nous passions les dernières consignes avant l'assaut final. Alan fut vexé de constater la lenteur de l'opération. L'effet de surprise avait fait long feu et personne ne l'attaquait pour autant. Il estima qu'il s'agissait d'un manque de considération à son égard. Et comme il détestait se trouver dans la position du gibier, il prit les devants et décida d'entamer la riposte avant même que l'attaque n'ait eu lieu. C'est ainsi qu'il aida Candice, alors à quatre pattes, à se relever, qu'il l'étrangla dans le pli de son coude droit et que, de l'autre main, il pointait un canon de neuf millimètres sur la tempe gauche de sa compagne.

« Mon cœur ! Qu'est-ce que tu fais ? paniqua Candice.
— Ferme-la ! Cela me peinerait de t'envoyer visiter l'antichambre du salon funéraire, section "réfrigérateur." »

Les joues de Candice se remplirent de larmes. Elle ne cria pas. Elle haletait, le souffle coupé par la strangulation. Elle ne trouva pas la force de se débattre, anéantie par la brusquerie soudaine de son compagnon. Elle s'étonna un dixième de seconde que celui-ci, travaillant dans le monde de la finance, ait ressenti le besoin de déambuler un pistolet caché sur le flanc.

Bibi consentit enfin à rejoindre au sol ses compagnons d'infortune. Il avait compris que nous étions sortis du scénario que j'avais bâti. Esther Bonabouche s'était évanouie à la vue du calibre d'Alan Bernafon. Monsieur Bineguebou s'était mis en position fœtale jurant pour lui-même que, s'il s'en sortait vivant, il travaillerait avec ardeur à corriger ses attitudes face aux autres, son humeur changeante et son irascibilité. C'est vrai, en y pensant bien, une personne qui vous signale que votre braguette est ouverte est animée d'une bonne intention. Il ne faut y voir aucune moquerie. Walter Bonimenti s'était mis à l'écart, sur la plate-bande de pelouse collée au bâtiment, le visage dans une touffe d'herbe. Il fulminait et cherchait tous les arguments qui pourraient reporter la faute sur son apprenti pour expliquer la cérémonie funéraire la plus calamiteuse de l'histoire de l'humanité.

Tous, plaqués au sol, avaient le visage tordu par la terreur, les tempes violette, les os et les muscles liquides. Si Alan Bernafon avait proposé une partie de portrait chinois, dans la catégorie « métal », chacun aurait opté pour le mercure pour rouler et se glisser dans les interstices de l'asphalte. La foudre avait choisi le même point d'impact pour la troisième fois de la matinée.

« Allons bon, qu'est-ce qu'il veut cet olibrius ? » nous glissa Bacchanti en se retournant vers Alan.

Les deux hommes échangèrent alors à distance, s'égosillant à tour de rôle.

« Du calme ! lança Bacchanti. Ne faites pas quelque chose que vous regretteriez par la suite.
— Ne me dites pas ce que j'ai à faire ! cria Alan Bernafon.
— Quel est le problème ? fit mine de s'intéresser le policier.
— Le problème ? C'est que vous êtes des nuls, invectiva Alan, j'ai compris votre manège et je veux que vous stoppiez tout pendant qu'il en est encore temps. »

L'insulte proférée par Alan piqua au vif Everett Boulmiche qui prit l'initiative de rompre le jeu d'allers-retours instauré par son collègue.

« Souvent, celui qui dit aux autres qu'ils sont nuls, en réalité c'est lui le nul !
— Boulmiche ! le sermonna Bacchanti, le but est de rechercher l'apaisement. Epargne-nous tes remarques puériles s'il te plaît. »

Boulmiche marmonna pour lui-même et se tut.

« Quel est ce manège que vous évoquez ? demanda l'agent Bacchanti à Alan.
— Demandez à vos renforts de ne pas vous rejoindre ! Stoppez l'assaut !

— Quels renforts ? Quel assaut ?
— Vous mentez mal monsieur l'agent ! Ne feignez pas l'étonnement ! Je sais très bien que vous êtes venus me cueillir.
— Pas du tout ! Nous ne savons même pas qui vous êtes ! »

Alan Bernafon encaissa la remarque en s'accrochant à l'espoir que le policier tentait de le berner. L'agité qui retenait Candice s'était confié à moi alors que j'étais immobile dans mon cercueil. Je connaissais le pedigree de l'homme. Je me gardais bien d'intervenir me disant que ces quelques informations ne faciliteraient en rien son arrestation. Je décidais d'être égoïste, de me concentrer sur ma personne et mon sort. Chaque seconde qui passait, je guettais si une opportunité de fuir se présentait. Je profiterai du premier créneau qui se proposerait à moi.

Danilo Bacchanti était reconnu, au niveau professionnel, pour son amour du consensus et son habileté dans l'art de la négociation. Il se détacha du groupe que nous formions à l'arrière de la BMW et se mit à marcher très lentement vers Alan Bernafon. Après une dizaine de mètres, il détacha son ceinturon auquel était fixée son arme de poing fourrée dans son holster. Il déposa le tout au sol.

« Je ne sais pas qui vous êtes ni quelles sont vos revendications, lança Bacchanti en articulant exagérément, comme s'il voulait s'assurer que son message serait entendu et compris. Je dépose les armes. Voyez en mon acte un gage de bonne foi. Je me mets volontairement en position d'infériorité.
— Je ne t'ai rien demandé La Moustache. Tu t'es mis dans

la mouise tout seul comme un grand.
— Vous n'êtes pas partant pour une discussion ?
— Non !
— Vous souhaitez vous battre alors ?
— Non plus.
— Qu'est-ce que vous voulez au juste ?
— Qu'on me laisse tranquille ! Et qu'on nous laisse partir mon otage et moi !
— Accordé ! rigola Bacchanti. Accordé sans problème.
— Et... Une dernière chose, ajouta Alan Bernafon.
— Oui ?
— Laissez-nous une marge de quinze minutes avant de lancer la traque !
— La traque ?»

*

Subitement, tandis qu'Everett Boulmiche frottait les bouts de ses mocassins tachés de café à l'aide d'un mouchoir, je me lançai dans une course effrénée, sans but désigné. En quelques foulées, je gagnai le rectangle de gazon piqué de pâquerettes, délaissant l'asphalte du parking. Assurément fautif de m'avoir laissé fuir, Boulmiche se redressa instantanément et, d'une main, saisit un poignet de Jimmy Badeboye et, de l'autre, attrapa Ornella par le bras.

« Everett, gronda Bacchanti, je te serais reconnaissant de sécuriser le périmètre. »

Everett Boulmiche lia les deux kidnappeurs, encore trop marqués pour réagir avec vivacité, avec une paire de menottes. Usant d'une seconde paire, il attacha Ornella à un vérin du coffre de la BMW.

« Danilo, je n'ai que deux mains ! C'est trop peu pour retenir trois suspects », se justifia-t-il bien qu'il sache, en son for intérieur, que c'est son inattention qui avait permis ma fuite.

Je courus sans me retourner, espérant que personne ne soit à mes trousses. Je coupai la piste cyclable, cherchant sur la chaussée une voiture à arrêter. Je me voyais déjà, les mains sur le capot d'un véhicule dont j'aurais forcé l'arrêt. Il me faudrait alors expliquer au conducteur, de manière posée et convaincante, qu'il ferait une bonne action en me prenant comme passager et en m'emmenant loin de ce lieu de désolation. Mais la rue était désespérément vide. Je balayai du regard les voitures garées dans la contre-allée, à la recherche de mon futur bon samaritain. Uniquement des coquilles vides jusqu'à cette estafette, appartenant à un fleuriste, dans laquelle un homme (sans que je sache qu'il s'agissait de Brindille, censé être à mon service pour la journée) se tassait derrière son volant pour se soustraire à mon regard.

« Buridan ! Il se dirige vers l'estafette ! prévint Boule.
— Catastrophe ! pesta Brindille. Trop tard pour nous cacher, le gus m'a repéré.
— C'est génial !
— Comment ça ? Un homme revenant d'entre les morts, cela te met en transe ?
— Pas d'emballement ! Ce que je dis, c'est que ce matin je tenais à m'appliquer, à réaliser un kidnapping parfait. Même si vu l'état du client, il n'était pas censé être en

état de dire s'il était satisfait. La débandade de ce matin m'a frustré.
— Je comprends ce que tu ressens. Nous n'avons pas pu enlever par nous-mêmes le cadavre, alors soyons prêts à le dépanner lorsque, revenu d'entre les morts, l'homme nous appelle au secours. C'est réellement le monde à l'envers. »

Boule et Brindille avaient assisté de loin aux derniers rebondissements de la réception funéraire : ma résurrection, la prise d'otage orchestrée par Alan Bernafon. La distance et le fait d'être à l'abri de leur camionnette avaient chassé tout sentiment de vulnérabilité chez les deux kidnappeurs. Les évènements ne les avaient donc pas plongés dans la terreur. Je fus accueilli par un Brindille serein, et même souriant, lorsque j'ouvris la porte côté passager.

« Montez ! Et fuyons ! Cela semble déraper là-bas, m'invita Brindille.
— Je vous le confirme. Depuis ce matin les situations s'entrechoquent, sans transition logique, sans que je n'en maîtrise aucune. C'est usant pour les nerfs. »

Brindille m'examina de pied en cap tandis que je m'installai sur le siège à côté du sien.

« C'est étrange cette face toute blanche que vous avez.
— Démarrez ! Démarrez ! Je vous expliquerai en route.
— Où allons-nous ? demanda Brindille en mettant le contact.
— Gare Matabiau ! » répondis-je instantanément.

Je n'avais pas réfléchi avant d'indiquer ma destination. En une fraction de seconde, je m'étais vu, reprenant mon souffle, assis dans un compartiment de train extrêmement calme, avec un paysage qui filait, m'éloignant de ce lieu où, par ma faute, était né le chaos.

Brindille fit gronder le moteur de l'estafette et désengagea la camionnette de la file des voitures stationnées. Il appuya sèchement sur l'accélérateur et reprit sa question.

« Alors ? Quel est ce masque blême que vous semblez porter ? »

S'il avait posé une seconde fois la question, il s'arrangeait aussi pour ne pas recevoir de réponse. Gonflé d'enthousiasme, heureux d'avoir réussi le rapt par un chemin détourné, Brindille roulait trop vite. Au moment d'aborder l'étroite sortie de la contre-allée qui débouchait sur la route principale, il effectua un zigzag très serré, crochet à gauche, crochet à droite. L'estafette fit une embardée sur la voie de gauche. Brindille redressa la course de la camionnette en faisant crisser les pneus. À l'arrière du véhicule, les secousses firent valser le matériel non arrimé. Tous les plateaux portant les grappes de gui glissèrent sur les planches des étagères et se fracassèrent sur le plancher.

« Eh ! Du calme ! » pesta une voix dans la pénombre.

Je me retournai et découvris Boule, accroché aux étagères, les bras en V, comme moi quelques minutes plus tôt, aux différences près qu'il ne criait pas « Topinambour » et que je n'étais, moi, pas enfoncé jusqu'à la taille dans une marée de gui.

« Je vous présente mon collègue ! Souvent à ronchonner et, au demeurant, très affable et agréable lorsque l'on apprend à déceler sa nature profonde.
— Bonjour, lâchai-je à l'attention de Boule.
— Enchanté, répondit-il. N'imaginez pas que ce que prétend ce triste sire reflète l'exacte vérité.
— Pas d'inquiétude, le rassurai-je, dans votre posture il est tout naturel de râler je pense. »

Je décidai de demander pardon pour mon irruption brutale dans leur vie. Logiquement, derrière mes excuses gênées, avancées l'air confus, mes deux hôtes me demanderaient pour quelle raison je fuyais le lieu avec tant d'empressement. C'était légitime. J'avais pris le parti de ne leur livrer que ce que des personnes étrangères aux évènements de la matinée (du moins que j'imaginais comme telles) étaient capables d'entendre. J'allais donc évoquer librement le kidnapping arrangé dont j'étais à la fois le commanditaire et la victime. Et je tairai l'épisode du simulacre d'enterrement, sinon j'aurais été contraint de le justifier en prétextant une performance artistique ou un jeu malsain qui m'aurait, à coup sûr, fait passer pour un détraqué, voire un homme dangereux, et, de ce fait, aurait poussé les deux fleuristes à me débarquer au bord de la route. Il était temps de passer à l'acte et de dérouler les répliques qui n'existaient pour l'heure que dans mon imagination.

« Veuillez excuser mon attitude cavalière, il n'est pas dans mes habitudes de prendre d'assaut le véhicule d'autrui.
— Pas de problème ! Je présume que l'homme en armes vous a poussé à vous échapper et à cavaler de la sorte.
— Oui. Un forcené s'est invité à la cérémonie et a gâché la fête. Vous l'avez vu aussi ? Je m'amusais comme un gamin jusqu'à son intervention.
— Comment parvenez-vous à prendre du bon temps dans un salon funèbre ? s'étonna Brindille.
— Cela peut paraître fou ! Soyez prêts à entendre une histoire des plus singulières ! »

Boule et Brindille inclinèrent machinalement leur tête pour me montrer qu'ils me prêtaient une oreille attentive.

« Pour tromper l'ennui, je me suis offert un kidnapping. Je comprendrais si vous trouviez cela dingue. C'est pourtant tout simple ! Vous signez un contrat et dans l'année qui suit, par surprise, des petits caïds que vous avez vous-même rétribués vous enlèvent et vous séquestrent. Ce cadeau au goût de piment m'a été offert ce matin. J'étais en transe, rigolard, recroquevillé dans un coffre. L'ambiance s'est refroidie lorsqu'il m'a fallu expliquer ce petit jeu aux forces de l'ordre. Puis ce fut le chaos avec le coup de sang de cet homme armé. Là, j'ai couru sans me retourner, pour fuir.
— C'est fou ! feint de s'étonner Brindille.
— Payer son propre enlèvement ! Je suis certain que vous n'aviez jamais eu vent de cette pratique ! lançai-je sur un air de défi.
— Bien sûr que si, trancha Boule, c'est même l'activité de

base de l'entreprise dans laquelle je travaille. »

Brindille lança un regard en coin à Boule, l'œil torve.

« Ah ? Vous n'êtes pas fleuriste ? m'étonnai-je.
— Si ! Je viens même de livrer des fleurs il y a cinq minutes à cet enterrement qui a dérapé.
— Un enterrement ? interrogeai-je.Il ne me semble pas qu'une telle cérémonie était en cours là où vous m'avez cueilli. »

Brindille, qui savait pertinemment qui j'étais, décida de jouer avec moi, un sourire malicieux sur les lèvres.

« Nous avons été appelés pour déposer des fleurs autour du corps d'Anton ... Anton ... Zut, le nom m'échappe !
— Buridan, compléta Boule.
— Exact ! Un homme mort très jeune, quarante-sept ans, c'est rude !
— Quarante-six ! » rectifia Boule.

Je tentai de ne laisser transparaître aucune émotion alors que les deux hommes évoquaient ma personne. Je tournai la tête à gauche, à droite, cherchant à accrocher mon regard sur un élément du décor. Je décidai de titiller mes deux compagnons de route à propos de la nature étrange de leur cargaison.

« C'est tout de même curieux d'orner une tombe avec du gui et du pyracantha, non ?
— Non, répondit naturellement Brindille, c'est une ten-

dance lourde en ce moment !»

La camionnette s'engagea sur la voie rapide qui ceinture Toulouse. Le flot hypnotique des voitures poussait au mutisme. Chacun admit intérieurement que se taire permettait également d'éviter les bourdes et les sujets fâcheux. Nous quittâmes bientôt la route à trois voies par une discrète bretelle et nous commençâmes à longer le Canal du Midi et ses berges bordées de platanes. C'est dans ce décor apaisant, troublé uniquement par le moteur toussotant de l'estafette, que Brindille crut bon de proposer un nouveau sujet de discussion. Il avait choisi une question anodine, peu embarrassante, peu susceptible de mettre en lumière quelque incohérence du scénario.

« Sans volonté de fureter aucune, où comptez-vous vous rendre au départ de la gare de Toulouse ? demanda Brindille.
— Je n'ai rien à cacher, répondis-je. J'ai besoin de m'éloigner de ce tumulte. Je me rends à Castelldeffels, une petite station balnéaire où je me retire régulièrement.
— Je suggère d'aller ensemble là-bas, proposa Boule.
— Mais c'est une localité qui se situe au sud de Barcelone, fis-je remarquer.
— Très bien ! C'est un vrai plaisir d'aller jusque là-bas ! » se réjouit Boule.

Boule était heureux de mener à bien sa mission de la journée. Et même s'il ne s'agissait pas d'un kidnapping, Boule avait la volonté de passer le maximum de temps avec moi, d'où sa proposition zélée de me conduire jusqu'à la place de ma retraite espagnole. Brindille se passa la main à trois reprises sur le visage. Il n'en revenait pas. La moindre conversation tournait à la bouffonnerie. Boule prenait des libertés, proposant de sa propre initiative un déplacement qui n'enchantait guère Brindille.

« Non, déclinai-je, ne vous donnez pas cette peine. Je vais attraper un train.
— J'insiste ! continua Boule. Cela me ferait un immense plaisir !
— Hors de question monsieur ! C'est gentil à vous mais c'est un périple que je ne peux vous imposer.
— Pas d'inquiétude ! C'est devenu une habitude d'effectuer des virées en Espagne afin de livrer des fleurs à des clients.
— Ah oui ? m'étonnai-je. Avec une estafette au moteur poussif ? »

Brindille s'agaçait des maladresses de son acolyte et décida d'intervenir.

« Arrête ! Tu gênes notre hôte tant tu t'entêtes à proposer ce voyage. De toute façon, c'est trop tard, nous approchons de la gare. »

La camionnette emprunta le petit pont qui enjambe le canal du Midi et se gara en double file devant la gare Matabiau. À la faveur de l'arrêt, je descendis de l'estafette tandis que Boule en sortit par la double porte à l'arrière, après s'être dépêtré des boules de gui. L'homme rondelet aux épaules carrées prit ma place à l'avant et referma la portière.

« Au revoir et merci pour la course ! leur dis-je en les saluant de la main.
— De rien ! dit Boule. Et sachez qu'il était très plaisant d'entendre le récit de ces aventures !
— Et pensez à bronzer, conseilla Brindille, vous êtes blanc comme un lavabo !
— J'y songerai ! Merci ! »

Je traversai la place située devant la gare puis le hall d'entrée. Je pressai la guichetière de me délivrer un ticket pour Castelldefels. À l'instant où elle me tendit le sésame cartonné, il me restait quatre minutes pour le déchiffrer, me rendre sur le quai indiqué et monter dans le bon wagon. J'y parvins.

Essoufflé, en nage, j'ouvris la porte coulissante qui marquait l'entrée du compartiment. Enfin, j'allais connaître la quiétude en ce jour agité. Une allée de moquette épaisse coupait en deux un wagon quasi désert à l'ambiance feutrée. Avant de trouver le siège 109 qui m'avait été attribué par l'employée des chemins de fer, je marquai une pause aux commodités. Je dénouai le foulard qui protégeait mon cou et le passai sous un filet d'eau. Je me courbai pour faire face au miroir carré de dix centimètres de côté, au-dessus d'un minuscule lave-mains. Je nettoyai mon visage, tartiné de poudre blanche et de crème grasse, à l'aide de mon foulard que j'avais décidé de sacrifier. Une fois cette tâche achevée, satisfait, je souris à mon reflet. L'épisode narcissique fut bref. Le cahot qui annonçait le départ du train vers mon lieu d'exil me força à m'accrocher au bec du robinet pour éviter que je ne m'affale au sol. Je ris doucement. Je gagnai mon siège. J'avalai une pilule pour me calmer. Apaisé, je m'endormis presque aussitôt assis.

Chapitre 23
Qui sème le vent...

Mercredi 5 mai 2010 (épisode 23/24)

Allister Barnabul n'en revenait pas. En sortant des vagues écumantes, il mit plusieurs secondes à reconnaître l'emplacement qu'il avait choisi sur la plage de Castelldefels. Sa serviette et le sac noir contenant ses effets personnels n'avaient pas bougé même si une bourrasque avait roulé un coin du rectangle d'éponge. En revanche, il fut très contrarié de constater que son parasol avait disparu. Il ne s'étonna pas que l'objet ait pu plaire. Sa couleur, bleu sarcelle, attirait l'œil, inexorablement. Il fut cependant surpris que des malfrats, amateurs de larcins, soient si matinaux.

Le soleil, perdu dans un ciel blanc, peinait encore à fendre le voile brumeux du petit matin. La veille au soir, Allister avait lu une étude qui présentait quelques attitudes masculines qui troublaient les femmes. Des jeunes filles avaient clairement mis en avant dans leurs témoignages le fait qu'un homme avec une cigarette coincée entre les lèvres dégageait un magnétisme puissant. Habituellement non fumeur, Allister, en quête de l'amour, s'était décidé à acheter un paquet de cigarettes mentholées.

Une rafale de vent frais fit frissonner Allister. Il s'enroula dans sa serviette, s'assit sur le sable, et, en ce moment de léger désarroi, fut tenté d'allumer le premier clope de sa vie. Il s'abrita du vent pour y parvenir. Il porta le bâtonnet de tabac à ses lèvres et inspira avec retenue. Il toussota. La cigarette entre les doigts, il improvisa, à voix haute, une série d'accroches pour attirer l'attention des jeunes filles qu'il était susceptible de rencontrer en soirée : « Tu es en vacances ? Je ne t'ai jamais vue ici », « Cela te dirait d'aller griller une cigarette sur la plage ? », « J'ai perdu mon parasol, serais-tu tentée à l'idée de le rechercher avec moi ? ». Allister entrouvrit à peine les lèvres et lâcha une boule de fumée dense qui vint s'écraser sur son œil gauche. Il eut la sensation d'une aiguille qui s'y enfonçait. Il se recroquevilla, caché sous sa serviette et se frotta énergiquement l'œil endolori. Il offrait aux rares promeneurs l'image pitoyable d'un insecte fou embobiné dans une toile d'araignée.

*

La veille, à la nuit tombée, l'entrée dans ma chambre d'hôtel marqua la fin d'une journée qui me parut interminable. Je posai sur mon lit de nombreux cabas en papier qui contenaient mes emplettes de la soirée. Il m'avait en effet fallu constituer une garde-robe minimale et un trousseau de toilette puisque j'étais arrivé à Castelldefels sans aucun baluchon. Avec bonheur, je pus ensuite me dévêtir, dérouler les rubans et ôter les différentes combinaisons moulantes que j'avais enfilées pour résister au froid mordant des réfrigérateurs. J'avais pris une douche tiède et commandé une collation, faite de fromages et de fruits, que j'avais demandée à faire monter en chambre.

Ce mercredi matin, je m'étais levé tôt. Perdu dans mes pensées, c'est presque instinctivement, en bête estourbie, que je remontais la rue qui me mènerait à la plage. J'avais la mer en face de moi. Le ciel blanc aussi, strié par les hauts arbres de la Place de Les Palmeres. Juste avant de traverser le large Paseo Maritimo, je passai près d'un kiosque qui proposait des jouets de plage, des churros et quelques titres de presse. Un présentoir exposait les unes des journaux étrangers. Un quotidien français attira particulièrement mon regard. L'accroche principale était consacrée à la grève générale contre l'austérité qui paralysait la Grèce. Au-dessus, le bandeau promettait une explosion de joie sur le Vieux-Port, à Marseille, si les résultats du soir se combinaient pour offrir le titre national aux footballeurs marseillais. En pied de page, s'étalaient trois trognes aux airs graves : Alan Bernafon, Jimmy Badeboye et Ornella Brizenuk. La légende dégoulinait de mauvaise foi : « Coup de filet dans la Ville Rose, guet-apens fructueux après plusieurs mois de filature ».

Je repris ma marche, pensif. J'avais fui Toulouse, lâchement, honteux de n'avoir pas su contrôler ma farce. Initiée dans l'intimité, elle m'échappa ensuite, nourrie par des éléments extérieurs aux méthodes beaucoup plus violentes que la mienne. Il me faudrait pourtant retourner dans cette ville, dans mon quartier, me présenter à nouveau à l'ESTOCAM, devant un amphithéâtre rempli d'étudiants. Je coupai le Paseo Maritimo et me retrouvai sur la place aux palmiers bien rangés. Tournant le dos aux gradins nichés dans l'immense cube de béton, posé au centre de la place, j'entamai une ambitieuse marche sur la promenade dallée qui longeait la plage.

La solution me paraissait simple. Pour retourner à Toulouse, il me suffisait de trouver une explication plausible à mon soudain réveil. Laquelle ? J'essayai de laisser courir mon imagination, sans me poser de contrainte, mais aucune piste ne me satisfaisait. Une erreur de diagnostic de l'équipe médicale espagnole ? Un numéro artistique ? Une blague de mauvais goût ? Mon esprit sautait d'une idée à l'autre sans parvenir à en choisir une, à en approfondir une.

J'arpentai la voie rectiligne sans but précis. Mes yeux vagabondaient autant que mes pensées. Sur ma gauche, mon regard accrocha un chemin de lattes de bois qui traversait un cordon de minuscules dunes tapissées d'herbes sèches et menait le promeneur sur d'immenses rectangles de sable blanc léchés par la mer. Je m'engageai sur cette allée de bois.

Je me sentais bien. J'étais seul. Mais pas du genre de solitude qui angoisse, plutôt de celles qui apaisent et qui réparent. Le décor autour de moi était immobile. Je stoppai ma marche, m'étonnant que quelques éléments lointains soient encore en mouvement. Très haut dans le ciel, deux oiseaux noirs planaient paresseusement. Au-dessus des flots, un avion qui décollait de l'aéroport Barcelona-El Prat tout proche survolait la ligne d'horizon. Les quelques flâneurs qui suivaient la promenade se trouvaient extrêmement loin de moi. De même pour les moins frileux allongés sur le sable. C'est finalement à mes pieds que je remarquai un spectacle qui m'interloqua. Je m'accroupis. Un scarabée bousier (je n'étais pas un spécialiste des insectes, il me sembla pourtant le reconnaître au vu de la tâche qui l'occupait) s'acharnait à avancer, à reculons, tout en poussant de ses pattes arrière une boule de je-ne-sais-quoi d'aspect terreux. Je m'extasiai devant cet être vivant, m'interrogeant sur les stimuli qui le poussaient à accomplir un tel labeur. Je me relevai.

Le vent s'amusait. Totalement absent, il se levait brusquement, enchaînant deux ou trois bourrasques violentes et tombait aussi soudainement qu'il était apparu. J'aperçus alors une tache bleue sur la bande de sable qui s'étalait loin devant moi. Au gré des rafales de vent chaud, le point grossissait. Si bien que je pus bientôt distinguer de quel objet il s'agissait. Un grand pan de tissu octogonal et un piquet blanc. Le parasol, bleu sarcelle, magnifique, sautillait à chaque souffle de vent. Il allait, tantôt tranquille, tantôt fougueux, comme un gamin qui joue. J'étais en retrait de la plage, dans la bande de minuscules dunes où pointaient des chardons beiges et des bouquets secs. Le parasol filait droit, venant de ma droite, il repartirait sur ma gauche, jusqu'à ce qu'un obstacle ne stoppe sa course folle. Il s'immobilisa vingt secondes. Le scarabée bousier poursuivait sa route en traçant une rigole de sable à peine visible. Le tissu du parasol se gonfla à deux reprises sans que cela n'enclenche de culbute supplémentaire. Une nouvelle rafale força l'ombrelle à réaliser trois cabrioles. Le vent stoppa. Il se réveilla à nouveau et se mit à tourbillonner, infléchissant la trajectoire du parasol qui se dirigeait désormais vers moi en roulades rapides. Le revirement fut si soudain et le vent souffla de manière si aléatoire que je restai immobile, tétanisé. Je me rassurai en me disant qu'un parasol, sautillant si joyeusement, était un objet inoffensif.

À dix mètres de moi, il quitta le sol, bondissant tel un animal surpuissant. Le piquet pointu propulsé en avant me désignait comme sa future victime. La fulgurance de l'attaque ne me laissa aucune chance. Je bandai tous mes muscles pour me préparer au choc. Mue par une main invisible d'une force prodigieuse, la pointe du parasol pénétra mes chairs à l'endroit exact du cœur. Le tube de métal me transperça et ressortit d'une vingtaine de centimètres dans mon dos. Je lâchai un râle bref, vite étouffé par le sang épais qui emplissait ma gorge. Terrassé, les yeux révulsés, je tombai vers l'avant, la chute finissant de m'embrocher sur le piquet du parasol. La vasque de tissu dans laquelle j'étais couché récoltait mon sang qui s'échappait en flots abondants.

J'aimerais mourir un jour de beau temps. J'avais réussi. Dès lors que mon cœur fut perforé, le vent ne souffla plus et le fin voile brumeux qui cachait le soleil se dissipa.

Chapitre 24
La jubilation du fossoyeur

Jeudi 6 mai 2010 (épisode 24/24)

En ce dernier jour de stage, Childéric Balbussi vivait un moment qu'il redoutait depuis qu'il avait compris que la forfanterie et la mauvaise foi étaient les socles de la personnalité de Walter Bonimenti. C'était l'heure de remplir l'appréciation de stage.

Quoique choqués par les évènements survenus l'avant-veille, les deux hommes avaient décidé de travailler, sans s'accorder de jours de repos, afin de créer une diversion dans leurs esprits et éviter de ressasser en eux les images des attaques.

« Tu conviendras que tout ce qui s'est produit ici avant-hier est de ta faute ? asséna Walter.
— En partie ... oui », bredouilla le jeune homme.

Walter Bonimenti se leva brusquement pour intimider Childéric.

« Comment ça "en partie"? As-tu vérifié que Buridan était mort? demanda Walter.
— Oui! affirma Childéric.
— Oui? Bien! Je n'avais jamais vu un cadavre détaler aussi vite!
— Quand mon grand-père coupe la tête des coqs ...
— Je m'en fiche! Garde cette anecdote pour ton prochain maître de stage.
— Hmmm.
— Deuxièmement, tu as divulgué une information confidentielle. Ne t'avais-je pas intimé l'ordre de rester discret concernant la mort de Buridan?
— Mais ... je n'ai jamais ébruité cette affaire!
— Nous étions deux à savoir! Si ce n'est toi, sous-entends-tu que j'ai personnellement éventé le secret?
— Non, bien sûr que non.
— Nous sommes d'accord!
— Hmmm.
— Et enfin, lorsque je te demande expressément de rameuter les forces de l'ordre en nombre, tu t'arranges pour faire intervenir deux bras cassés qui laissent échapper notre homme. »

Childéric baissa la tête. Avant qu'il ne puisse opposer un argument aux accusations de Walter Bonimenti, quelqu'un toqua à la porte.

« Ah ! Sauvé par le gong ! » rigola Walter en se levant pour aller ouvrir au visiteur.

Childéric n'avait pas le cœur à rire. Il relisait les commentaires négatifs rédigés par Walter dans les encadrés de son carnet de stage. Walter, en ouvrant la porte d'entrée de l'office, se retrouva face à un homme brun de petite taille, en costume gris et casquette anthracite à liseré rouge.

« Bonjour monsieur, dit Walter.
— Buenas dias, soy español, répondit l'homme en pointant du doigt la plaque d'immatriculation de son corbillard afin d'être certain de s'être bien fait comprendre.
— Quel bon vent vous amène, mon cher ami ? » demanda Bonimenti, sans savoir qu'il visait juste en supposant que c'était le vent qui m'avait amené ici.

L'homme tendit une enveloppe à Walter. Il la saisit et l'ouvrit. En en-tête de courrier, il s'arrêta sur un petit dessin qui lui semblait familier sans qu'il ne sache pourquoi. C'était un blason. Il surmontait l'inscription « Ajuntment Castelldefels ». Walter Bonimenti parcourut rapidement la lettre. Il la froissa en la brandissant comme un étendard.

« On l'a eu ! » brailla-t-il.

Walter Bonimenti entama une danse, levant en alternance le poing gauche et le poing droit et scandant « On l'a eu ! ». L'homme à la casquette, resté sur le seuil de la porte, désireux de comprendre l'euphorie de Walter, lança un regard interrogateur à Childéric. Celui-ci fit une moue en passant sa lèvre inférieure par-dessus l'autre et haussa les épaules. Il n'avait pas compris non plus le motif de la réjouissance de son tuteur.

« Que se passe-t-il ? Qui a-t-on eu ? demanda Childéric.
— Buridan ! rétorqua Bonimenti. Buridan est mort ! »

Mon nom avait suffi à faire remonter à l'esprit de Childéric les images des dérapages de l'avant-veille. Ce fut un choc pour le jeune homme d'apprendre mon décès.

« Il a dû se sentir coupable d'avoir roulé tout son monde dans la farine et a probablement décidé d'en finir, présuma Childéric.
— Je m'en fiche de savoir ce qu'il lui est arrivé, trancha Walter. Cesse de t'apitoyer ! Et agissons ! »

D'un geste de la main, il demanda à son stagiaire de l'accompagner alors qu'il entraînait déjà l'élégant espagnol vers le parking. Et les voilà tous trois installés dans le corbillard dans lequel était chargée ma dépouille. L'espagnol, derrière le volant, tendit un reçu à Walter, sollicitant sa signature. L'intéressé s'empara du formulaire et le jeta par-dessus son épaule.

« Allez ! Vroum ! » ordonna Walter Bonimenti en mimant les gestes d'un conducteur.

L'espagnol s'exécuta et nous nous retrouvâmes quatre minutes plus tard devant la fosse du caveau 109. En multipliant les gestes, Walter avait réussi à indiquer le chemin au chauffeur de corbillard. Il lui avait même fait garer le véhicule comme il le souhaitait, l'arrière de la camionnette surplombant la fosse. Les trois hommes descendirent du corbillard, prirent place autour du trou. Childéric avait compris ce que Walter manigançait. Le convoyeur espagnol, dont la mission était censée s'arrêter avec le dépôt du cercueil au salon funéraire, s'étonnait de cette singulière promenade dont il n'appréhendait pas le but.

« Childéric, tonna Bonimenti, suis attentivement la leçon ! Regarde comment travaille un professionnel ! »

Walter Bonimenti monta dans le corbillard par la portière avant et, une fois à l'intérieur, enjamba la banquette, longea le cercueil et ouvrit les deux battants des portes à l'arrière. Il entreprit enfin de pousser le cercueil pour le sortir du corbillard et le faire basculer dans la fosse. Monté sur roulements, le caisson de bois glissa sans offrir de résistance. C'est un bruit mat qui marqua la fin de mon dernier voyage sur Terre.

« Tu fais moins le malin maintenant Buridan ! triompha Bonimenti perché sur le pare-choc arrière de la camionnette. »

L'espagnol était outré d'assister à un tel spectacle. Sans savoir s'il s'agissait du traitement habituel réservé aux dépouilles, son idée fixe était désormais de fuir. Il tendit un formulaire et un crayon à Bonimenti. Une signature sur l'attestation de dépôt du corps et il pourrait s'échapper.

« Plus tard ! Plus tard !
— Más tarde ! » traduisit Childéric au chauffeur, dépité.

À la grande surprise de ses deux spectateurs, Walter Bonimenti, le visage rougi par l'excitation, sauta sur mon cercueil, au fond de la fosse, et s'installa à califourchon dessus.

« Childéric, interpela-t-il à nouveau son stagiaire, tu vois, à ce moment-là, tu t'assures que le mort l'est vraiment ! »

Désireux de soulever le couvercle de ma dernière demeure pour regarder le blanc de mes yeux ou tâter mon pouls, Walter Bonimenti constata qu'un plomb avait été posé sur mon cercueil, comme la loi l'imposait lors des transferts de dépouilles entre pays. Il jeta un coup d'œil fugace vers Childéric et, pour montrer à son apprenti qu'il ne s'avouait jamais vaincu, il opta pour une solution de repli.

« Buridan, tu m'entends ? cria-t-il à mon attention. Si tu m'entends et que tu comptes te faire la belle comme avant-hier, sache que tu vas au-devant d'une grande déception. Tu ne sortiras pas de ta boîte cette fois-ci. Le tas de terre est prêt et les pelles sont plantées dessus. Ne m'implore pas ! C'est trop tard ! Tu vas crever ! »

Cette scène d'un sermon adressé à un macchabée finit d'inquiéter le chauffeur espagnol. Ce dernier proposa une troisième fois à Walter de signer le formulaire validant son travail. Bonimenti se plia à l'exercice et, déchaîné, dessina une signature sur la moitié de la page qui lui était présentée. Soulagé, le convoyeur contourna le corbillard, s'installa derrière le volant et démarra en soulevant un épais nuage de poussière. Les portes, restées ouvertes, claquèrent au rythme des cahots du véhicule qui franchissait déjà les portes du cimetière.

« Adios amigo ! » s'amusa Walter.

Bonimenti sortit de la fosse avec difficulté, s'agrippant à des mottes de terre friable. Essoufflé, il se posta devant son apprenti.

« Triple buse ! Tu es supposé m'aider ! La prise d'initiative est une qualité requise chez tout professionnel !
– Désolé, se défendit Childéric, je pensais que cette pathétique remontée faisait partie intégrante de la leçon que vous souhaitiez m'apprendre. Je ne pensais pas que vous attendiez que j'intervienne. »

Bonimenti rit jaune.

« Manque d'initiative, lança-t-il. Il me faudra ajouter ce point dans votre appréciation de stage. »

C'était la remontrance de trop. Childéric choisit de rester calme. Il tourna le dos à Bonimenti, sans dire un mot et se mit à marcher lentement en direction de la sortie du cimetière.

« Tu baisses les bras ? demanda Walter alors que Childéric s'éloignait. Tu m'abandonnes ? Soit ! Je me débrouillerai seul ! J'ai l'habitude ! »

Il s'empara d'une pelle et entreprit de reboucher la fosse au fond de laquelle mon cercueil s'était écrasé quelques minutes plus tôt. Il s'adressait à moi pour évacuer la rage enfouie en lui.

« Tu aimes la terre Buridan ? »

Première pelletée.

« Tu aimes les vers Buridan ? »

Deuxième pelletée.

« Tu aimes les pissenlits Buridan ? »

Troisième pelletée. Walter Bonimenti était donc le dernier vivant à me parler, à me consacrer du temps. Le décorum et l'atmosphère de mon enterrement n'avaient aucune similitude avec ceux décrits dans le contrat que j'avais passé avec « La Grande Porte ». Mes doutes étaient donc fondés. Walter Bonimenti confirmait mon pressentiment. Il était homme à qui on ne pouvait faire confiance.

*

Le caveau 109 était rebouché depuis plusieurs jours lorsque le directeur de « La maison du second départ » entra dans le centre de documentation et informa Bibi de mon décès. Bibi était dévasté. Un homme brillant qu'il avait contribué à façonner avait disparu. Et Bibi n'avait plus de raison de s'autoriser ses escapades toulousaines lors desquelles son esprit pétillait en suivant mes aventures du quotidien.

Ma fortune fut léguée à « La maison du second départ » et permit, entre autres projets, la construction d'un centre culturel comprenant une salle de spectacle et une bibliothèque des plus fournies, riche en ouvrages et en outils pédagogiques de toutes sortes. La bibliothèque était ouverte aux enfants de l'orphelinat mais attirait également les élèves de toutes les écoles du briançonnais. Bibi, de son bureau, installé dans l'entrée de la pièce principale, observait ce brassage et ces échanges entre des enfants de milieux différents et d'origines diverses. Il souriait et me remerciait silencieusement de lui avoir permis de vivre ces instants de grâce.

*

« Et les cailloux ? Tu les aimes les cailloux Buridan ? »

Soixante seizième pelletée.

« Tu aimes les stèles Buridan ? Oui ? Oh, c'est dommage, tu n'en auras pas ! »

Soixante-dix-septième pelletée.

Les yeux exorbités et les veines gonflées sur ses tempes écarlates, Walter Bonimenti jubilait en déversant ses pelles chargées de terre. Walter Bonimenti n'aimait pas que l'on se moque de lui. La Mort non plus. Désormais, moi, Anton Buridan, je le sais : la Mort est susceptible.

Mentions légales

ISBN : 978-2-37446-018-5
Dépôt légal : novembre2016

Illustration : François Boucq
Conception de la couverture : Editions Secrètes SAS
http ://www.editions-secretes.fr
Vous pouvez nous écrire à contact@editions-secretes.fr

« Editions secrètes » SAS, Société par actions simplifiées au capital de 1000euros, immatriculée au RCS de Dunkerque sous le numéro 810 854 844, dont le siège social est situé 1052, Rue de Warneton, 59 850 Nieppe, France

« Editions secrètes » est une marque déposée sous le numéro154169098

Imprimé en France
FRHW011638250522
30931FR00018B/697

9 782374 460185